バクバクっ子の在宅記

人工呼吸器をつけて保育園から自立生活へ

平本歩

はじめに

私は母のお腹の中にいるときは元気な赤ちゃんでしたが、生まれてくると、ミルクを飲むと吐いてしまったりお乳を吸う力が弱くなってしまったりして、生後二カ月半のときに入院し、六カ月のときに人工呼吸器を装着し、七カ月のときに、医師から「ミトコンドリア筋症」と診断されました。ミトコンドリア筋症とは、次第に筋力が弱っていく病気です。四歳のときに退院し、地域の保育園・小学校・中学校・高校と通いました。地域の大学を受験したけど失敗し、予備校へ一年間通いました。その後、主な介護者であり大好きだった父が亡くなりました。父が亡くなってから、沢山のヘルパーに来てもらいケアを覚えてもらいました。そして、二〇一一年から念願だった一人暮らしを始めて五年が過ぎました。

本書をお読み頂く前に、私の家族を紹介します。

父、母、兄二人、私の五人家族でした。兄二人とは五歳ずつ離れています。

今から、私の三〇年間の生活を書いていきたいと思います。幼少の頃はあまり覚えていないので、両親から聞いた話や、人工呼吸器をつけた子の親の会（バクバクの会）の会報『バクバク』から転載した文章が多いです。

在宅生活に困っている人工呼吸器ユーザーや障害者のために、私が生きてきた三〇年を本にしたい、私のことが参考になれば嬉しいな。みんなに喜んでもらえるような本にしたいと思い書きました。拙い文章で読みにくいかと思いますが、最後まで読んで頂けると有り難いです。

バクバクッ子の在宅記　目次

在宅呼吸器の生活に必要なアイテム

私の日常生活に必要不可欠なアイテムを写真と文章でご紹介します。

人工呼吸器

私は自発呼吸がほとんどないので、この人工呼吸器で呼吸を補っている。私が生まれた頃は、バッテリー内蔵の人工呼吸器はほとんどなく、停電と同時に呼吸器が止まるという心配があった。そのため、在宅するときにAC電源のみの人工呼吸器とバッテリー内蔵の人工呼吸器の二台を用意していた。

バッグバルブ

手動式人工呼吸器（通称バクバク）のこと。このバッグバルブを使って、肺に空気を送る。

気管内吸引のとき（この間呼吸ができない、体内の空気も

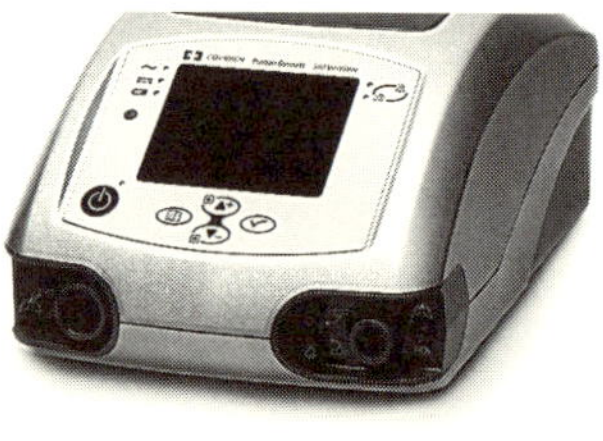

人工呼吸器

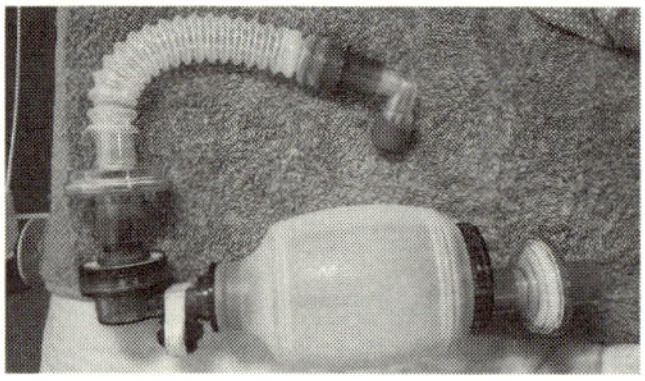

バッグバルブ

吸引するので酸欠状態になる)、入浴や移乗等で人工呼吸器から離れるとき、人工呼吸器の回路交換時、人工呼吸器のトラブル、呼吸回路の外れや破損、チアノーゼ状態になったときや心肺蘇生等のときに使う。(通称バクバク……押すとバクッバクッと音がする。親がありったけの愛情をもって子どもに空気を送ってあげることができる大事な道具ということから、バクバクという名前がついた。バクバクの会の名称もこれに由来する。このバクバクを使って肺に空気を送ることを、会員の中ではバクバクすると呼んでいる。)

カニューレ

気管切開部より気管内に挿入する「管」のこと。呼吸のための気道が確保され、気道内の分泌物を吸引するのに使用される。

胃ろう

内視鏡を使って胃に穴を開ける手術をし、その穴に胃ろう

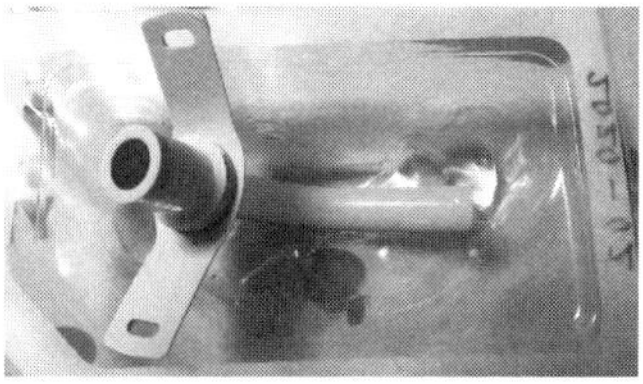
カニューレ

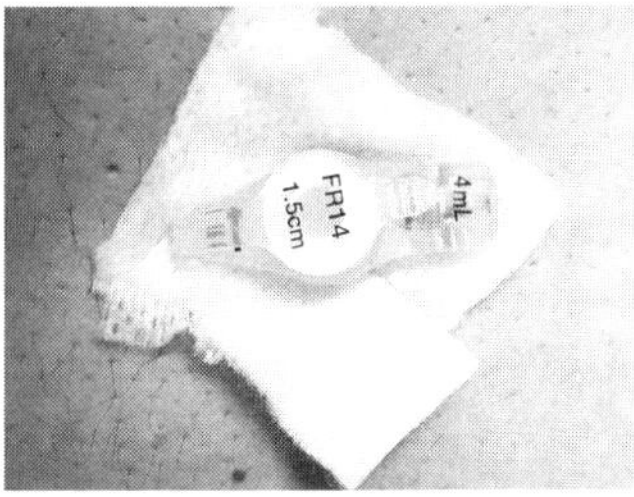

胃ろう

カテーテルという管を取り付けて、そこから胃に直接栄養剤や水分、医薬品を入れること。

吸引器

唾液や鼻水や気管にたまった痰を吸引するときに使う機器。

パルスオキシメーター

ＳＰＯ^2（経皮的動脈血酸素飽和度、サチュレーション）と脈拍を測定する機器。写真のパルスオキシメーターでは、上の数字が血液中の酸素飽和度がどのくらいあるかを示し、下の数字が脈拍数を示す。健康な人の酸素飽和度は九五％ぐらい以上だが、私はほとんど一〇〇％をキープしている。好きな人といるときや体調不良時や痛いことをされるときは、かなり脈拍数が上がる。私の場合、七〇前後が普通。寝ると五〇前後になる。

吸引器

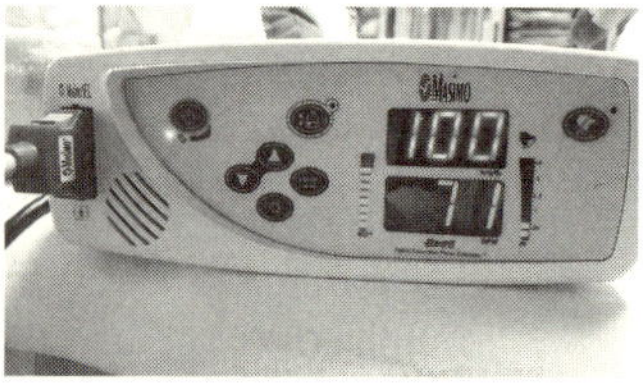

パルスオキシメーター

第一章　誕生～在宅生活に至るまで

（一九八五年～一九九〇年）

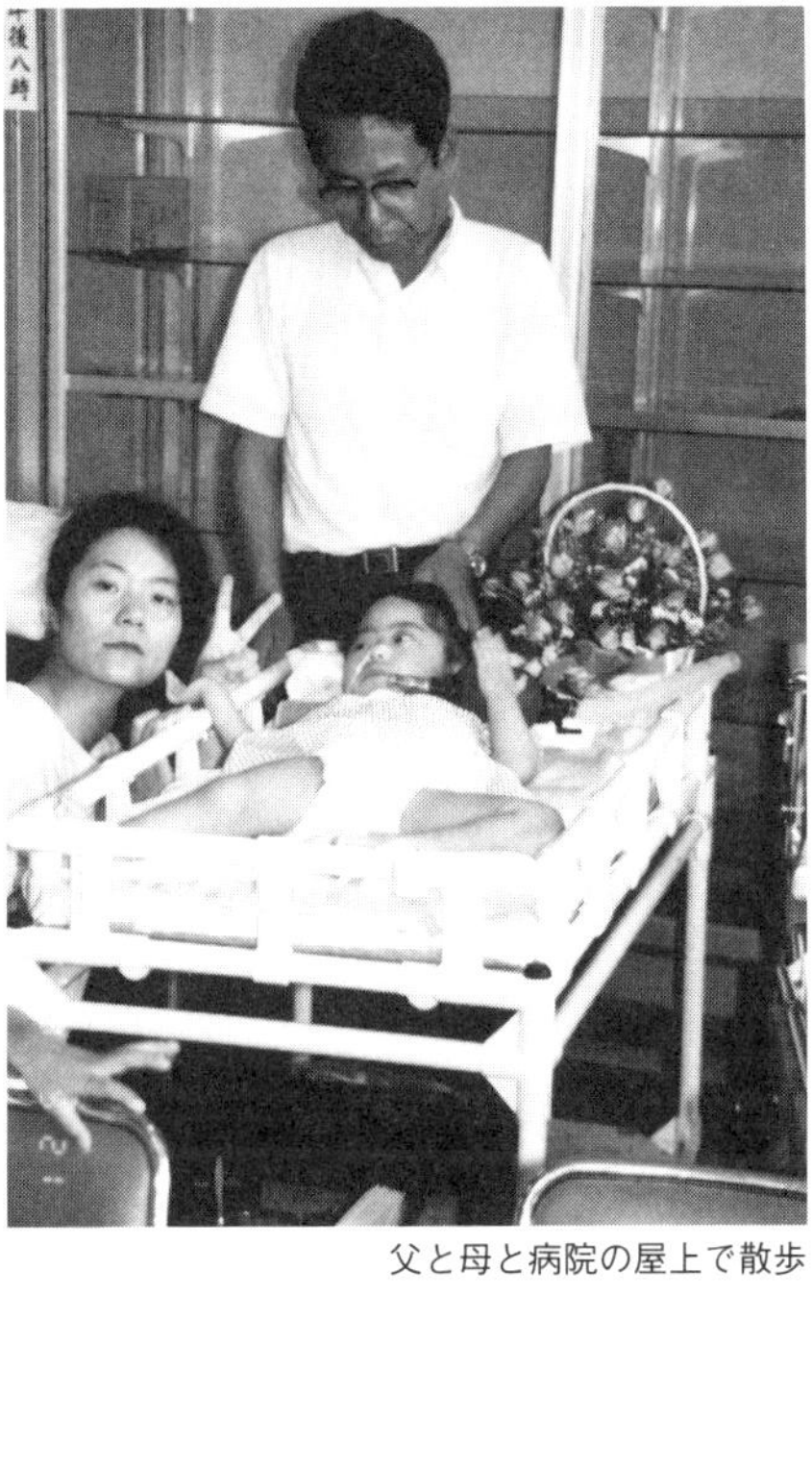

父と母と病院の屋上で散歩

誕生

私は一九八五年十二月二十八日午後八時二十八分に生まれました。体重は二九二四グラム、オギャーと元気に泣いて生まれたそうです。予定日が本当は翌年の一月一日でしたが、私は生まれる前からせっかちだったそうです。元旦に生まれていれば、キンキキッズの堂本光一君と同じ誕生日だったのにな（笑）。

話は脱線してしまいましたが、普通は分娩台に乗ってお母さんが何十回も力んで産むと思いますが、私の場合、母が分娩台に乗ると同時に生まれたそうです。これまたせっかちですね（笑）。

歩の名前の由来を紹介します。

私は三人きょうだいの末っ子でした。両親は山が大好きで、山を志し（岳志：長男）、山を登り（登：次男）、山を歩く（歩）という、三人とも山に関連した名前を付けたそうです。

退院後、私はミルクを飲む力が弱かったり吐いたりしたそうです。そのうち陥没呼吸（息をするのと同時に胸の一部がへこむ症状）も始まり、呼吸状態が悪くなったので、生後二カ月半で入院し、保育器と酸素テントの生活をしていました。

生後六カ月のときに人工呼吸器を装着しました。今みたいに呼吸器を装着していても、在宅生活をしたり旅行ができるなんて夢にも思ってみなかったので、呼吸器を装着したときは、両親はかなりショックを受けたようです。私の病気（ミトコンドリア筋症）は当時世界に数例しかなかったそうです。発病後、全身がほとんど動かなかったけど、しばらくして、手足だけは徐々に動かし、弱いながらも自由に動かせるようになっていました。

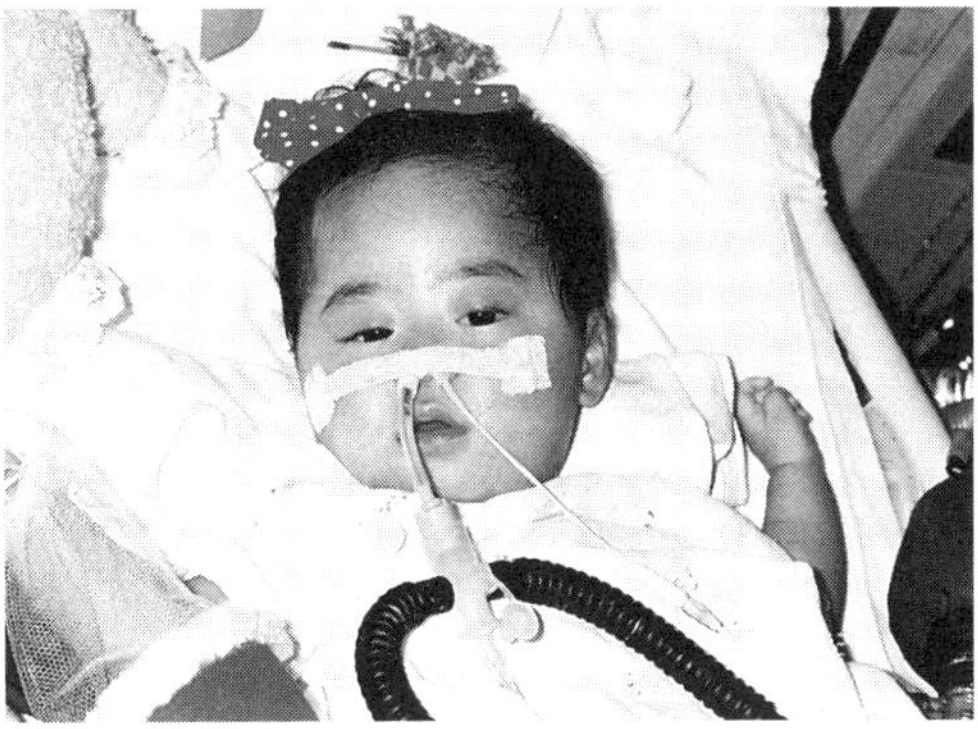

最初は口からの挿管でしたが、一年後に鼻から挿管しました。呼吸器をつけることによって、呼吸の苦しい状態は少し改善されましたが、病状は良くなったり悪くなったりで、その度に両親は一喜一憂していました。

呼吸器をつけて症状が安定してくると、私は隣のベッドの子の処置をしている医師や看護師さんのお尻を蹴ったり、ベッドの柵に付けてある鈴を鳴らしたりして、いたずらばかりしていました。そしてカニューレを引っこ抜いて、ナースコール代わりにし、看護師さんを慌てさせていたようです。また、隣のベッドの子がカニューレから痰を吹き出して苦しそうにしているのを見て、鈴を鳴らして看護師さんを呼んでいました。つい最近まで手足が動いていたときは、ヘルパーの手を触ったり排泄介助中に足を動かして、ヘルパーを怒らせていました。

母は仕事が終わってから七時頃に病院に来て私のケアをし、九時か十時頃に病院を出て家に帰る生活でした。休日には朝から家族で面会に来てくれました。せっかく朝早く来てくれたのに、私は寝ていることが多かったそうです。それは、夜勤の看護師さんに遊んでほしくて、看護師さんの仕事が一段落する明け方まで寝ないで待っていて、看護師さんに遊んでもらってから寝るという生活だったため、家族が来たときはまだ寝ていることが多かったからです。

家族みんなで来ても、子どもは病室に入れないので、二人の兄たちはいつも待合室で遊んで待っていました。呼吸状態が安定しているときは、バッグバルブで送気しながら病院内や屋上を散歩しました。その時は兄たちと会うことができました。

呼吸器を装着して以来の初外出!!

一歳を過ぎた頃、主治医から「ポータブルの呼吸器が借りられるので外出してみないか?」という提案がありました。その頃、呼吸器を外す練習をしていたので、両親は外に出るよりも呼吸器を外すのが先決ではないかと思って、すぐには決断ができなかったようです。しかし、なかなか呼吸器は外れないので、外出することにしました。ところが、当時ポータブルの呼吸器は成人用のものしかなく、子どもの呼吸には合わず、それをつけるとしんどくなって体調を崩したり、呼吸状態がさらに悪くなってきたりしました。

それでも両親は病院の外の空気に触れさせてやりたいと思い、何度もポータブルの呼吸器に挑戦し、一歳八カ月のとき、初めて外出して家に帰りました。入院して一年五カ月ぶりに家に帰れて、両親は「夢にも思わなかった外出が可能になった」と喜んでいたそうです。しかし私は、緊張して手足がほとんど動かなかったそうです。初外出を機に、もっと外出して私に色々な物を見せてやりたいと、両親は思い始めたそうです。

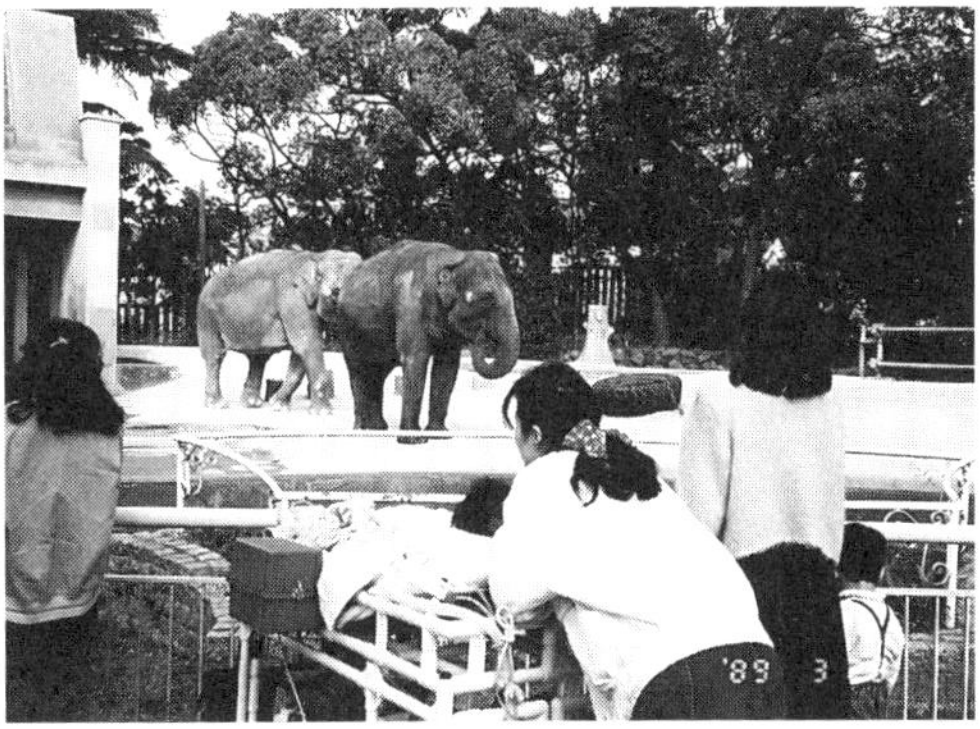

父お手製のストレッチャーで動物園へ外出

二回目の外出は病院から車で二〇分の公園へ行きました。母は朝早く起床して、張り切ってお弁当作りをしたそうです。花や空など私に自然に触れさせてやることができて、両親はとても喜んでいたそうです。私は緊張していたけど、嬉しそうな表情をしていたそうです。この頃から、私は外出が大好きになったのだと思います。
外出に慣れてくると、両親の付き添いだけで行けるようになりました。水族館や動物園へ行き、目をキョロキョロさせたり驚いたりして、私は楽しかったみたいです。

今は車椅子の業者にストレッチャーを作ってもらっていますが、当時は、父がホームセンターでパイプを買ってきたり、粗大ゴミの日に自転車のタイヤを拾ってきたりして、ストレッチャーを作ってくれました。設計から材料集めまで全て試行錯誤でした。夜中までかかり、やっと完成しました。

二回目の外出経験から、外出用呼吸器の内蔵バッテリーは二時間が限度、外出範囲も自然と限られてくることがわかりました。当時は、呼吸器が直接外部バッテリーで使用可能だということに気づかず、移動中だけでも車から電源が取れないかと、父は電気屋が集中する日本橋を歩き、車用の一二Vを家庭用の一〇〇Vに変える機器（インバーター）を見つけました。その後、車用バッテリーを購入し、外でも私の体調さえ良ければ、時間を気にすることなく、外出を楽しめるようになりました。本当に父は私のために色々してくれたのだなと思いました。父の気づきや創意工夫がなければ、現在みたいに長時間の外出は不可能だったと思います。

気管切開、そして親だけの外泊

二歳のときに気管切開をしました。喉に穴を開けることは抵抗があるし残酷な気がすると、両親はかなり悩んだようです。口や鼻からの挿管だと医師にしか交換できませんが、気管切開部のカニューレ交換だと両親にも交換が可能で、今後、医師の付き添いなしで外出・外泊すること、私が楽になることなどを考えて気管切開することを決断したようです。

この頃から、痰の吸引や経管栄養などのケアの仕方を医師や看護師さんが親に指導し、習得していきました。

外出できるようになると、外泊にも挑戦しました。家に帰ったときは、私は二人の兄に本を読んでもらったり、一緒にテレビを見たりしていたそうです。お風呂のときも、兄たちにも「あれしろ、これしろ」と色々指示していました。

外出・外泊中に、吸引用の滅菌手袋が不足したため、夜の九時に上の兄に病院まで取りに行ってもらいました。優しい兄でよかったです。後で思えば、必ずしも滅菌手袋ではなくても、他の方法で吸引できたのに、決められた用具で決められた通りにしなくてはいけないと両親は思い込んでいたようです。

両親が外出・外泊を通して感じたこと、注意してきたことは、以下の通りです。

（1）何よりも、私にとって非常にいい経験をしたこと

（2）呼吸器をつけた子の看護は二四時間必要

（3）呼吸器をつけた子の外出は始まったばかりということもあり、奇異や嫌悪といった様々な世間の目を感じる

（4）呼吸器をつけた子は一歩間違えるとすぐ死に至る

（5）慣れの問題

以上の件について、私が感じたことや聞いたことを書きます。

（1）について。家族と生活したり自然に触れ合えるという楽しいことをしていなければ今も入院生活をしていて、家族と医療関係者にしか会えないつまらない生活をしていたと思います。

（2）について。当時は家族だけで私をケアしなければならないし、病院にいると無料なのに在宅すると医療物品がほとんど自己負担になりました。在宅に要した費用は、呼吸器本体二台、コンプレッサー、（空気を圧縮して送る機械）やパルスオキシメーター、吸引器等、合計約五百万円かかりました。

（3）について。今でもそうですが、通りすがりの人に、よく「大変やね」とか、「可哀相やね」とか言われます。そういう言葉を聞くと、私は「一人暮らしして楽しいですよー」と言い

ます。大抵の人は驚かれますが、「可哀相に」と連発する人もいます。そういう人は、「私は一人暮らし楽しいのに。可哀相ちゃうし」と思います。こんなことを少しでもなくしていくために、そして少しでも私のことを知ってもらうために、今後もどんどん外に出ていきたいです。

(4)について。機器が故障したとか物品を病院や家に忘れた場合、慌てるのではなくどう対処できるか考え慎重に対処したら、事故やトラブルにならずに済むと思います。

(5)について。在宅して三日目ぐらいのとき、こんなヒヤリ・ハットがありました。夜中、呼吸器の圧で回路が外れ、呼吸器のアラームが鳴っていたのに親は疲れ果てて寝てしまい、パルスオキシメーターのアラームでやっと気づきました。気づくのが遅かったら大変なことになっていたと思います。その後、寝るときは、呼吸器のアラームとパルスオキシメーターのアラームだけではなく、しんどいときなどに音を鳴らす道具を指の先につけて、二重三重のチェックができるようにしました。かなりしんどくなる前にわかるように、脈拍数の上限設定や下限設定を下げるようにしています。

バクバクの会（人工呼吸器をつけた子の親の会）結成

バクバクの会は、当時は「人工呼吸器をつけた子の親の会」だったけど、二〇一五年に「バクバクの会～人工呼吸器とともに生きる」と名称変更したことに伴い、人工呼吸器をつけた子どもから大人（同程度のケアが必要な人、亡くなった人を含む）と家族の会となりました。

当時、人工呼吸器と言えば、病院据え置き型のもので、人工呼吸器が欠かせない子どもたちは、病院で天井を見ながら一生を終えるしかないと考えられていました。そのような中、子どもたちの生活を少しでも豊かにするために子どもたちを戸外へ、家族のもとへ連れ出すことはできないかと考えた医師たちの提案がきっかけとなり、子どもたちの暮らしを広げる試みが始まりました。

その後、ポータブルの人工呼吸器の開発とともに、少しでも子どもらしい生活をさせてあげたいという一致した思いの下、医療スタッフと家族がともに努力や創意工夫を重ねた結果、やがて、子どもたちは、家族と一緒に病院からの外出や外泊ができるようになりました。

これらの取り組みを通して、親として学んだこと、多くの課題や悩みを共有し、「全国の同じような境遇にいる親にとっての励ましと、人工呼吸器をつけた子どもたちが生きていく上でのより良い環境づくりの一助になれば」と、一九八九年、私が三歳のとき、「バクバクの会」は小さな院内グループとしてスタートしたのです。

因みに、「バクバク」とはバッグバルブのことで、それを押すときにバクッ、バクっと音がするので、「バクバクの会」とつけました。バクバクの会の子どもたちのことを、「バクバクっ子」と呼んでいます。

当時は七家族でしたが、現在は北海道～沖縄と海外まで、正会員と賛助会員と購読会員、合わせて五百名くらいの会員がいます。この年から九年間、父が会長を務めていました。

長期外泊に挑戦

三歳の夏、前期と後期に分かれて長期外泊をしました。今までは土日を利用して一泊か二泊していましたが、七月に四泊五日、八月に六泊七日という最長の外泊をしました。母は夏休みが待ち遠しくて仕方なかったそうです。

前期

部屋に入るなり、私は「テレビをつけて」とテレビを指差したそうです。この時の私は、テレビが何よりの楽しみでした。現在はそれほどテレビが楽しみではありません。「待ってね、呼吸器をおろしてからテレビをつけるからね」と母が言っても、何度もテレビを指差し、顔をしかめて怒ったそうです。どこまでもせっかちな私です（笑）。テレビがついているとご機嫌で、消すと文句を言っていたそうです。深夜で番組がなくなり、母に「テレビもねんねよ」と言われたのに、「つけてー」とテレビの方を指差していたようです。この頃からしつこくて頑固な性格の私でした（笑）。

入浴は家族全員でします。入浴することがわかると、食事用のテーブルの上で洗うことを知っているので、食事用のテーブルを指差していたそうです。みんな役割分担して手伝ってくれました。嬉しいですね。時計をはめてほしいだの、パルスオキシメーターをつけてほしいなどと次々と指示をし、みんなバタバタと走り回っていたそうです。

私は経管栄養で口からは完全に食べられないけど、家族とテーブルの横で味見していたそうです。現在でもたまに味見をし、甘い辛いという味覚はあります。

最初の長期外泊で二つミスがあったそうです。

一、パルスオキシメーターの交換用の電極を忘れたこと

二、鼻のチューブ（NGチューブ）の交換時に起きたミスです。

一のミスについて。現在は足の人差し指にパルスオキシメーターのセンサーをつけていますが、当時は両胸に電極をつけていました。外泊した翌日に気づいたそうです。病院を出るとき、母が私のケアをし、父が器具のチェックをしていて、チェックをしていても忘れてしまったそうです。私自身もそうですが、外出前はヘルパーが用意してくれていた荷物を必ずチェックしますが、時々見逃してしまい忘れ物をしてしまう場合があります。そういう時は、ストレッチャーに積んである救急箱で対応したりどうしようか考えたりして対応します。

二のミスについて。現在は胃ろうですが、当時は鼻のチューブから栄養剤や白湯を注入して

いました。チューブを挿入するときはとても痛いです。新しいチューブを挿入しテープで仮止めし、確かに入ったかどうか空気を入れて聴診器で確認します。その時、母が兄にもその音を聞いてもらっていました。しかしチューブが目印より一〇cm抜けていたのに気づかず、そのままテープで止めて栄養剤を注入したそうです。チューブを挿入する前は、チューブの長さを測って黒のマジックで印をつけていましたが、他にも黒の印があり、抜けていても見間違えていたのではないかと思います。それからは、赤いマジックで印をつけるようにしたそうです。そのまま栄養剤を注入して誤嚥して肺に入ったら大変なことになっていたと思います。

後期

後期は六泊七日です。

両親は前期より自信がついたものの、私が外泊前に下痢をしていたため緊張していたそうです。慣れや疲れから来るミスをしないように心がけていたそうです。

病院からの帰り、私と同じ病室に入院していて同い年で病名は違うけど、呼吸器を装着していて一カ月の外泊に挑戦しているSちゃんの家に行きました。Sちゃんとは半月ぶりの対面です。両親は、Sちゃんと病院の外で再会できるなんて夢のようだったようです。

翌日から三日間、家でずっと過ごしていたので、家用のベッドを父が作ってくれました。外用のストレッチャーを作ったのと同じ材料で、部屋の中を自由に移動できたり、背もたれができるようにしたりしてくれました。すごいですね。

この外泊で活躍してくれたのは兄たちです。友人と遊びたい年頃なのに、絵本を読んでくれたり絵を描いてくれたりしました。当時は手がよく動いていたので、「歩が手をこんなふうにしているのは何？」と聞いていましたが、一緒にいるうちに段々理解してくれるようになりました。

家で初めてカニューレ交換をしました。カニューレが入らないと呼吸器を装着できず呼吸ができません。病院では頻繁にしていて慣れたけど、今回はサイズが少し大きいものになって初めてのカニューレ交換だったので、両親は緊張したようです。やはり入りにくく、というより入れるときのちょっとしたコツを一瞬忘れたらしく、二度三度してもうまくいかず、入らなかったときの対処を考えていたようです。結局入ったけど、一〇秒がとても長く感じられたようです。

神戸の病院に呼吸器をつけた子どもが入院していて、何とか家に帰りたいということで、私の外泊を見てもらい、参考にしてもらえたらと思い、行きました。何人もの医師や看護師さんがバッテリー式の呼吸器や吸引器を興味深く見ていたそうです。お母さんたちも熱心に色々質

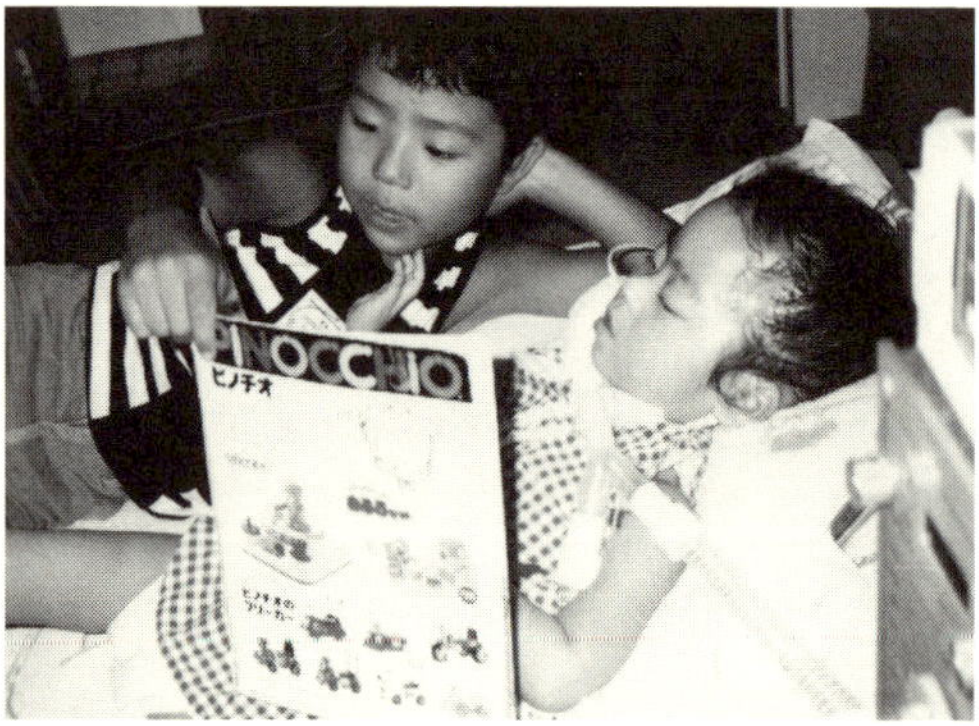

問していたようです。

病院に帰る日、大阪の野鳥公園へ行きました。ずっと向こうにカモメが飛んでいて、私は両手をバタバタしていて鳥のサインをしていました。誰も鳥だということを教えていないのに、私は鳥を理解したようです。三歳なのにすごいですね。

病院に戻ってお風呂が終わり、両親が家に帰ろうとした途端、私は家族と別れることを感じ、大粒の涙を流し身をよじって泣いたそうです。そして、パルスオキシメーターの心拍数が一八〇台に上がり、アラームが鳴りました。それもそのはず、今まで家族と楽しく生活していたのに、また、暗い入院生活に戻るのですから。この涙を見た両親は、私を在宅生活にする決意をしたのです!!

最後の外泊練習

外泊前、両親が風邪気味で感染が心配だったけど、九泊一〇日、私はずっと元気だったようです。母が帰りの車の中で「おうちへ帰るのよ」と言うと、手で家の形をしてニコッと嬉しそうな顔をしていたようです。側でみんなが食事していると自分もほしいと言ってあれこれ指示したり、食べさせてくれる人を次々と指名したりしていたので、落ち着いて食べられなかったそうです。

前回の外泊で、私が病院でも家でも呼吸器を外し、そのアラームをナースコール代わりにするので、それを防ぐのと、私の意思伝達手段として、父がホームコールを作成してくれました。紐を引くとスイッチが入り、再度引くと鳴りやむシステムになっています。最初は嫌がっていたけど、誰かが来て用事をしてくれることがわかると、頻繁に鳴らしていました。現在、夜寝るときにヘルパーを呼ぶための装置ピコピコを使用していますが、私がくだらない用事ばかりで呼ぶので、ヘルパーたちに「歩さん、うるさい!!」と怒られます。形は違うけど、昔と変わらないですね。

四歳の誕生日を家で過ごしました。両親は、四年前は病名が不明なままの検査の連続で辛さや不安が多かったけど、当時は、外出や外泊のわずかの幸せな時間のほうが多く、何故かあっという間に過ぎていったそうです。

この後は、テレビを見たり友人が来てくれたりして楽しかったそうです。

病院に帰り、両親が病室を出ようとしたとき、私はまた大泣きしました。三カ月したら帰れることを言い聞かせていたそうです。

在宅に向けて様々な問題がありましたが、私は今後ずっと家族と暮らせることがわかって嬉しかっただろうしワクワクしていたと思います。

第二章　在宅生活開始&保育園

（一九九〇年～一九九二年）

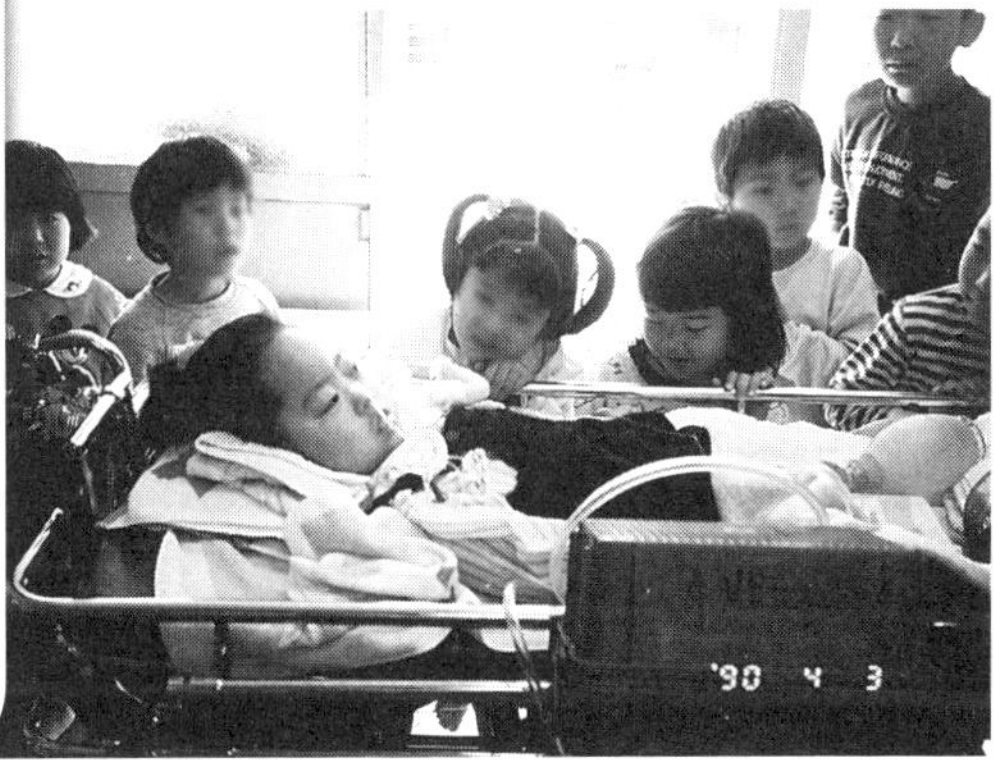

在宅生活開始

一九九〇年三月三十一日、遂に在宅生活を開始しました!!

父は、私のケアに専念するため仕事を辞めました。

当時は呼吸器がレンタルできないため、病院以外で呼吸器使用者が暮らすことの前例がほとんどなかったので、前年の十一月に在宅を決心して以来、行政との話し合いや保育所の入所交渉等、毎日多忙だったそうです。

以下、家族以外に私の在宅生活を支えてくれた方々を紹介します。

ホームドクター

ホームドクターは在宅の重要な要件です。引っ越し前の地域の保健師さんに、呼吸器をつけた子のホームドクターを見つけるのは難しいと言われていたけど、幸い、以前からお世話になっていた医師にお願いして引き受けてもらいました。

支える会

家族だけで私のケアをするには限界があるため、保健師さんやケースワーカーや両親の知人などによりボランティアが構成され、私の在宅生活を支えてくれることになりました。会の名称は、「人工呼吸器をつけた子の在宅を支える会（通称・なのはなの会）」です。

名称の由来は、我が家の支援だけではなく、私を通して、医療的ケアの必要な在宅の子ども、また、在宅したくても介護の支援体制の問題や経済的問題等のために病院や施設での生活を余儀なくされている子どもたち、そうした子どもたちが自宅や地域で当たり前に生活できるように共に考え、共に行動していきたいという思いでつけられました。また、通称の「なのはなの会」は、私が熱を出して休園したとき、保育園の年長組の子どもたちが道端に咲いていた菜の花を持参してお見舞いに来てくれたことと、四月に発足したという意味を込めてつけられました。

この年からヘルパーたちに来てもらう二〇〇四年まで、登山したり旅行へ一緒について行ってもらったりしました。なのはなの会のメンバーがいなければ、私の在宅生活は成り立たなかったかもしれません。

在宅して両親が感じたこと

在宅してから、両親はずっと睡眠不足が続いていました。在宅して三週間目、深夜に呼吸器が外れ、わりと早く心拍が八〇台から一四〇台になったことにすぐ気づきました。熟睡していたら大変なことになっていたかもしれません。

先程も書きましたが、なのはなの会のメンバーがいなければ、両親への負担が重く、私の在宅生活は成り立たなかったかもしれません。来てくれてよかったです。

衛生面で両親は心配していました。在宅に適した方法を模索していたけど、特に滅菌・消毒を徹底するという病院での方法がなかなか抜けなかったようです。

感染

在宅してから二回感染しました。二回目の感染のときはなかなか治らず入院を医師から勧められましたが、在宅のまま治療しました。入院していたら退屈しすぎて、さらに体調を悪化させていたと思います。

在宅一周年を迎えて

在宅一年を迎えた翌日、家族の休養のため、私を検査入院させて、家族でスキー

なのはなの会の医療的ケアの研修会

旅行へ行ってしまいました。今まで家族と楽しく暮らしたり大好きな保育園へ通園したり……と、毎日楽しく生活していたのに、また、暗い入院生活に戻り、当時の私はとてもショックだっただろうし悔しかったと思います。

四日ぶりに面会に行き、元気がない私を見た両親は、今後こんなことはできないなと思ったそうです。

保育所探し

両親は在宅したら保育園に通わせたい、感染やトラブルを恐れて家で看るだけよりは、可能な限りの対策を講じて、保育園に通わせたほうが良いと考えたそうです。

公立保育所へ何とか行かせたいと、福祉事務所や市役所の人と交渉しました。市役所の担当課長は、役人の見本みたいな人で、入所の条件として、一、動ける子、二、共働き、三、厚生省（現在の厚生労働省）の通達があることが条件だと言われたそうです。それに私の場合、寝たきりだし、呼吸器を装着しているし、父が家で看ているなら二に該当しないと言われたそうです。更に、何かあったらどうするだの呼吸器が止まったらどうするだのと言われたそうです。そんなに色々不安なら、私の家に訪問して私の生活を見学しに来たらいいのにと思いました。

このまま入所運動を続ける方法もあるけど、私のためにも同様の子どもたちのためにも、入所の実績をつくることが先決と考え、公立を諦め受け入れてくれる法人保育所を探したそうです。

幸い、Z保育園で受け入れてもらえました。前例もなく、しかも全く面識のない私の話や親の話を園長先生や職員たちが真剣に聞いてくれたそうです。嬉しいですね。

保育園生活

保育園に通い出した最初の頃、度々感染してよく休園していました。それもそのはず、今まで病院のクリーンルームにいて、退院したらいきなり子どもたちが沢山いる保育園へ通い出したのですから。泥んこの手で園児に呼吸器のダイヤルを触られたりしましたが、私はそれに段々慣れてきて感染の回数も少なくなりました。免疫力がついてきたと思います。

私は常時気管内吸引（サクション）が必要ですが、保育士さんたちが保育の一環としてやってくれました。サクションや唾液や鼻水の吸引は、医師や看護師さんや家族しかできない医療行為（または医療的ケア）と言われていましたが、保育士さんたちはそれらを全てしてくれました。父がケア方法を保育士さんたちに指導し、卒園する頃には全員ケアができるようになっていました。そのおかげで、父は四カ月目から付き添いをしなくていいようになり、家事をしたり休養したりできるようになりました。

サクションを最初にしたときの保育士さんの感想は、「怖かった」とか「手が震えた」とか「ドキドキした」というのが多かったです。

サクションなどのケアをすることにより、私との信頼関係を築けます。そのような感想を聞いて、私は「へー、そう思っていたんやな」と思いました。サクションが下手だと、「ペチ」と言っていました。今思うと、何故このようなことを言ったのかなと思います。保育士さんたちがケアに慣れてくると、手で「お父さん、タバコ（休憩）しに行っていいよ」と言っていました。友達と保育士さんとの生活が楽しかったし、保育士さんに安心してケアを任せられるようになってきたため、こんなことを言ったのだと思います。

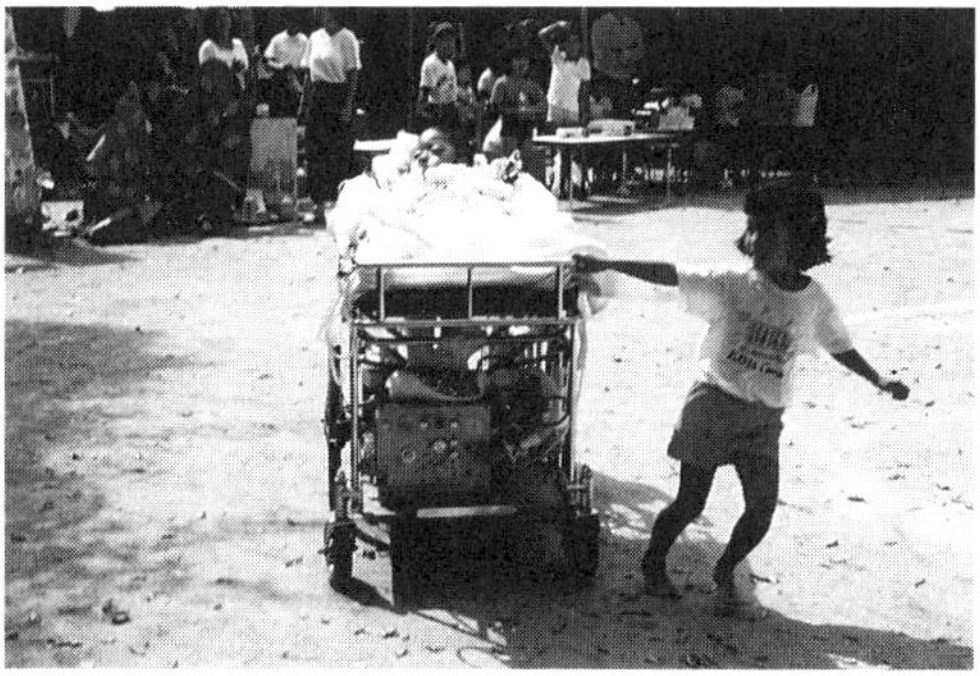

保育園側が私を保育するにあたって最初に考えたのは、園児たちに「みんなとは違う」という意識をもたせたくなかったため、「特別扱い」をしないということだそうです。そのため、遠足や運動会などの行事はもちろん、友人とお絵描きやプールに入ったり……と、友達と一緒の保育園生活を送りました。また、運動会や劇あそびなど、「できないではなくどうすればできるか」を、友達と保育士さんと私で常に考えながらしてきました。

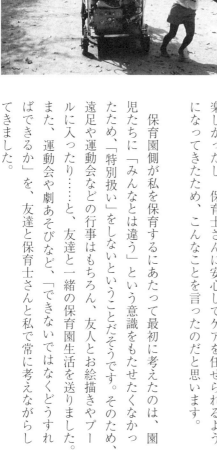

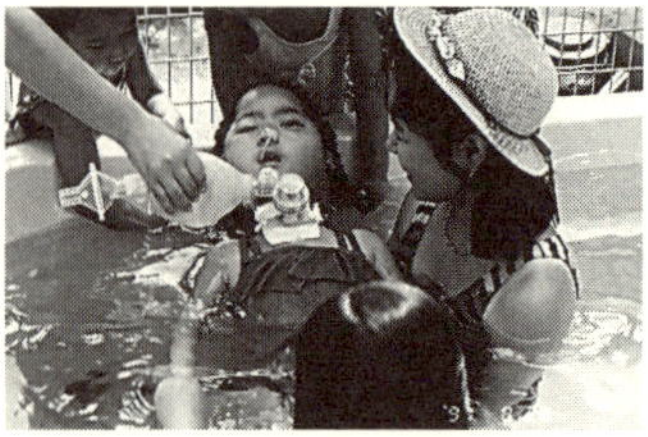

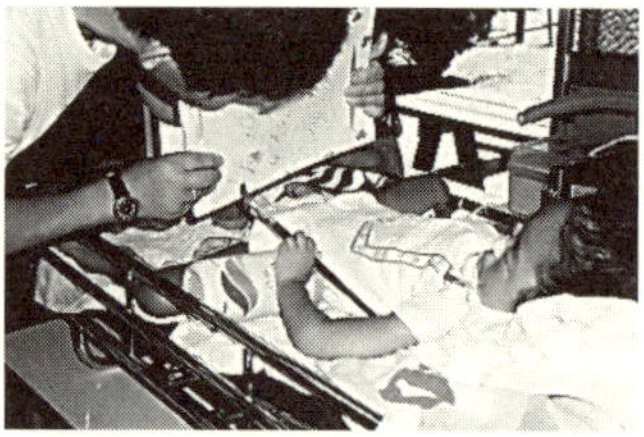

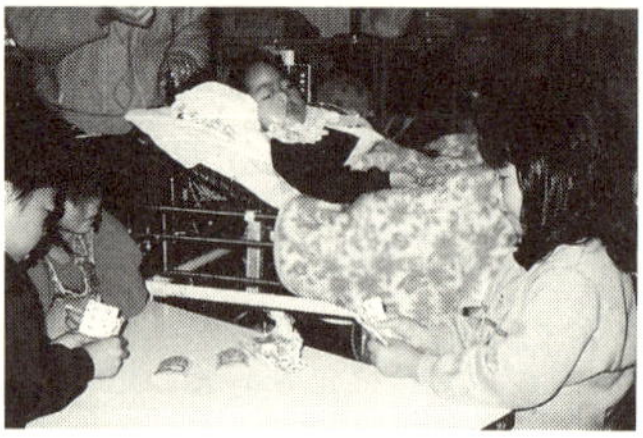

ある日友達に「歩、どけや」と言われているのを園長先生が見て、すっかり私がクラスの一員になったなと思ったそうです。

保育園に入園した最初の頃、園児たちが私を不思議がって「病気なん？」「歩かれへんの？」など、色々質問してきました。今まで私みたいにストレッチャーで外出したり呼吸器をつけた人などを見かけるということが当時あまりなかったので、私を不思議がって色々質問するのは当然だと思います。

この後、第六章に出てくる保育園講師をしているときのお話にも出てきますが、この時も園児たちに同様のことを聞かれました。子どもって正直ですね。

私は他の友達と常に同様のことをしたかったので、何でもみんなと一緒のことをしてきました。

例えば、ある日友達に「歩ちゃん、掃除せえや。歩ちゃんだけ掃除しないのずるいわ」と言われ、私はほうきを持たせてもらい掃除しました。

みんなとプールにも入りました。保育士さんの一人は私を抱え、もう一人はバクバクをして入りました。一年目は初めてのプールだったため、プールが怖くてなかなか目が開けられず、友達に「見て、お空がきれいよー」と言われても目が開けられませんでしたが、二年目になるとプールに慣れてきて目が開けられるようになりました。プールが怖いから目が開けられなくても、友達とプールに入りたいからかプールが大好きだからかわかりませんが、「プールに入りたい！」と度々言っていました。それだけプールに入りたかったのだと思います。

また、五歳の夏、親の付き添いなしでキャンプへ行きました。父も念のためついて行きましたが、保育士さんたちが交代でケアしてくれ、父は車の中で待機していました。キャンプファイヤーなど、友達と同様の行程をこなしました。その時の気持ちは覚えていないけど、私は親の付き添いなしで友達とキャンプへ行けてとても嬉しかったと思います。

友達と筆談でけんかもしました。やり取りをご紹介します。

（以下、友達をY、私をAとする。）

Ｙ　あゆみ、ばかみたい。
Ａ　Ｙ、あほたん。
Ｙ　あゆみ、けつみたい。
Ａ　あゆみのおしりはかわいいんじゃ、わかったか。
Ｙ　あゆみのけつや。
Ａ　Ｙ、ばかばか。

このやり取りを見て、両親は友達とこんなやり取りをしていたんやなと驚いていました。今思うと、くだらないことでけんかをしていたなと思うし、保育園に通っていたからこそできたことだなと思います。

私が通っていた保育園では、毎年秋になると、幼児は絵本製作をします。その一部をご紹介します。

あそびがちがう。
びょういんとほいくえん。
びょういんではおべんきょう。
おすうじあそび。
おすうじめくりみてるの。
おいしゃさん。
Sちゃん。

おでかけ。
かんごふさんとわたし。
びょういんのなか。

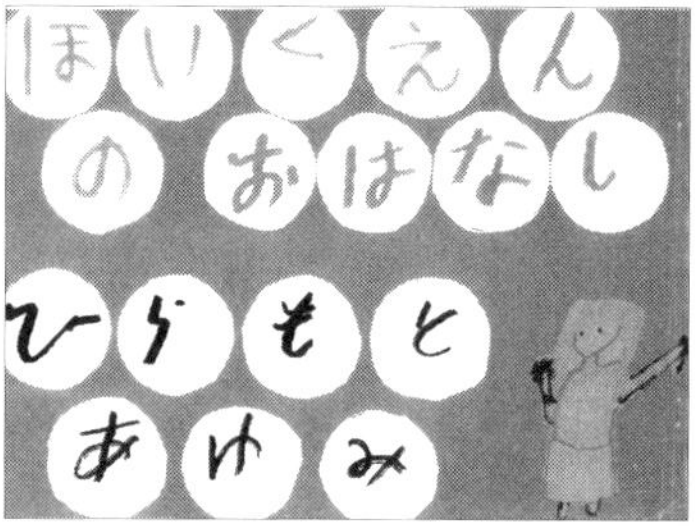

びょういんでれないの、いやだった。
おうち、かえれないのいやだった。
おとうさんと、おかあさんと、あえないの、
いやだった。
おそと、そら、たいようみたかった。
それだけ。

おうち、かえれないのいやだった。
おとうさんと、おかあさんあえないの、
いやだった。

おともだちがいなかった。
おはなしができなかった。
おともだちがいない。

この絵本を再度読み返してみて、私は、病院が一番嫌だったんやな、家族が好きやねんなと思いました。因みに、今でも入院は大嫌いなので、体調を崩さないように気をつけています。

卒園が近づいた二月のある日。

保育士さんが、私と同じ小学校へ行く友達に私と同じ小学校へ行くことについてどう思うかを聞いたそうです。

「歩ちゃんと同じクラスになったら、唾を取ってあげたい。知らん子に『あの子誰?』と聞

かれたら『歩ちゃん』と教える。唾の取り方わからなかったら先生や友達に教える」と言った
そうです。こんなことを言ってくれる友達がいて嬉しいですね。卒園式の日は雨が降っていま
したが、無事卒園できました!!

第三章　小学校
（一九九二年～一九九八年）

1年生のとき。みんなと一緒に勉強できて楽しいな！

小学校一年生

小学校も、地域の小学校へ行きました。入学するまでに、両親は市の教育委員会と話し合いをしたり、就学予定校の校長先生と話し合いをしたり……ということを、度々しました。地域の小学校へ行けたのは、保育園の二年間の実績があったこと、早くから教育委員会や就学予定の小学校の校長先生に地域の小学校へ行きたいと言っていたからだと思います。

二月に就学先が決まりテレビ放映された数日後、夜中に無言電話が度々鳴ることがしばらく続きました。そうとは知らず爆睡していた私ですが、後から聞いて、何故こんなことをするのかな、暇なんかなーと思いました。

私の学校生活をサポートしてもらう先生が一人つくため、障害児学級が新設されました。全ての学習や活動は普通学級で行いました。ただし、痰の吸引等の医療的ケアがあるため、父が一日中学校に付き添わないといけませんでした。付き添いを外してほしいと教育委員会に度々要望し話し合いをしたりしましたが、付き添いが外れることはなく、高校を卒業するまでの一二年間、父がずっと付き添いました。今思うと、他の友人は親がついてないのに、何故私だけ親がついてるのかなと思いました。

学校生活について

私についてくれた先生は、私のような呼吸器をつけた子と関わったことがないため、私とどう接したらいいかわからなかったようです。しかも先生と初対面のとき、私は先生に知らんぷりをしました。今思うと、こんな大事な日に私はとんでもないことをしたなと思いました。先生、ごめんなさい！

他の知らない人と初対面で会ったときも知らんぷりをしたので、少しして、先生に「歩ちゃんが知らんぷりすると、みんな悲しい気持ちになってしまうよ」と注意されて以来、知らない人に知らんぷりをしなくなりました。知らない人に知らんぷりをするなんて、今ではあり得ません。

私は字を書くときは筆ペンで字を書きます。そして、先生が私の右手の手首を持ち、私が筆ペンを持ち、わずかな動きで字を書きます。その頃は手の力が強かったので、先生のペンの持ち方が気に入らなかったり先生との息が合わなかったりすると、すぐにペンを落としていました。父がそれを見るに見かねて、ペンにテープをしました。何ていたずらな子なんでしょう！

最初の頃、保育園と同様、クラスの子どもたちが私を不思議がって、私の周りを取り囲み、父が私のケアをしている様子や私のことを度々見に来ていました。少しして、私と話せることがわかると、「歩ちゃん、元気？」など、色々話しかけてくれるようになりました。

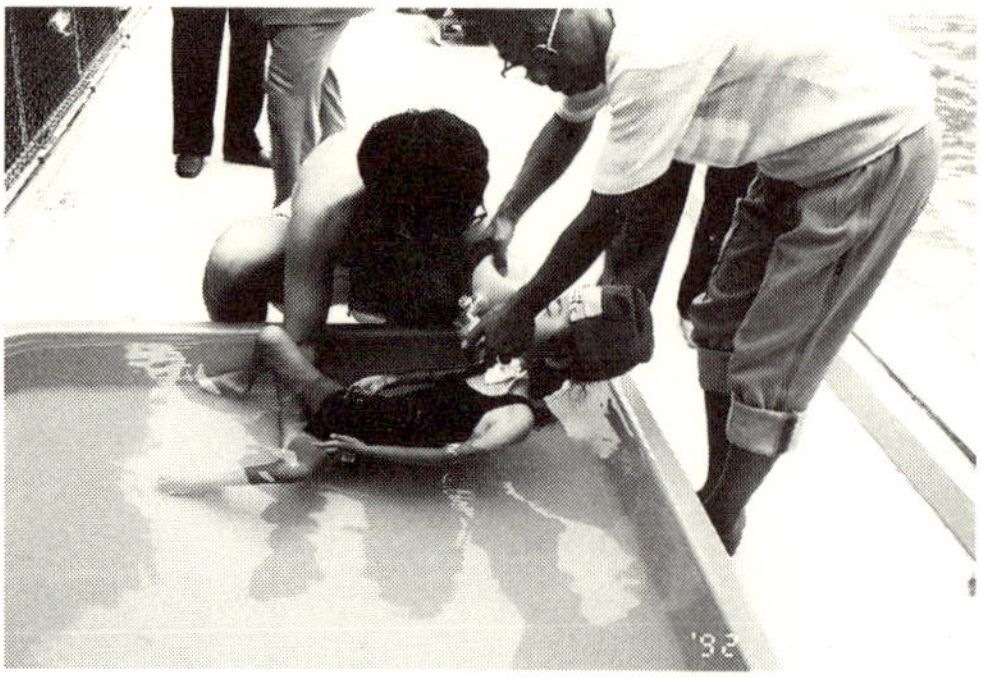

保育園と同様、みんなと同じ大きいプールに入れると思いワクワクしていたら、学校側から突然「プールは危険だから当分見合わせる」と当日言われました。父も先生も何も聞かされていないため、驚いていました。その時の私の気持ちは覚えていないけど、多分みんなと同じプールに入れなくて残念だったと思います。

その後、両親は学校側と話し合いをし、先生が他校からミニプールを借りてプールに入るということになりました。

みんなと歌を歌いました。気管切開しているため声は出ないけど、口を開けて歌っていました。楽しく歌いました。今では口を開けて歌えませんが……。七夕が近づいたある日、私は短冊に「まいにちがっこうにいきたい」と書きました。それ程学校や先生や友人が大好きだったと思います。

夏休みが近づくと、先生や友達に会えなくなるので、「夏休み嫌だ嫌だ！」と言っていました。

夏休み

北海道で呼吸器をつけて自立生活をしている人から父が講演に呼ばれ、北海道へ行きました。両親と下の兄となのはなの会の二人と私で行きました。私たちとは別に、卒園した保育園の保育士さんと、小学校の校長先生も行きました。校長先生が行くことは知らされていなかったので、みんな驚いていました。

呼吸器をつけて飛行機に乗るのは初めてだったので、道中ずっと沢山のマスコミが同行していました。講演に呼んでくれた人は、私が在宅した年に呼吸器をつけて自立生活を開始した佐藤きみよさん（ベンチレーター使用者ネットワーク代表）です。

運動会

運動会も参加しました。ラジオ体操や三〇m走や玉入れやリズムなどに参加しました。リズムは太鼓を打つような動作が多いため、肘を支えてもらい、手を動かしました。太鼓のばちは絆創膏で止めました。音楽に合わせて足も動かしました。このように、どうすればみんなとリズムに参加できるかを先生が考えて工夫してくれました。嬉しかったです。

文字盤

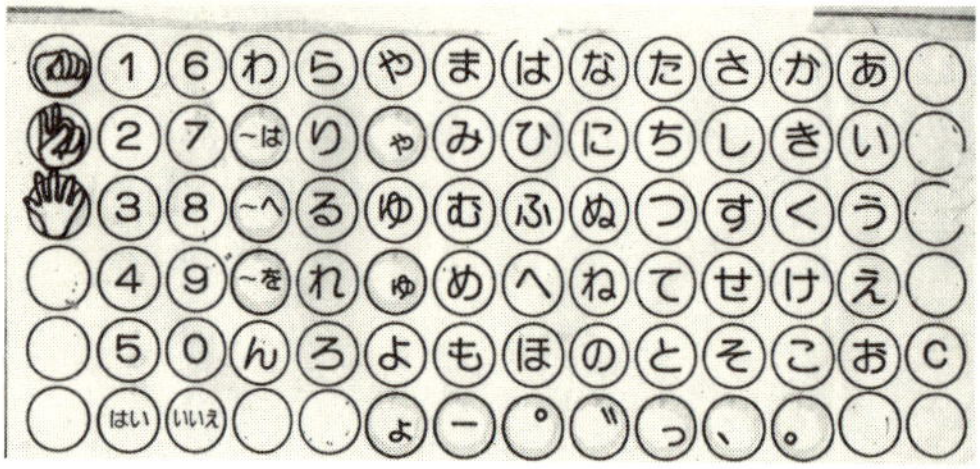

冬から、文字盤を使い始めました。右の手首を介助者に持ってもらい、舌で指したい文字まで行き、目的の文字が来たら、私が手で文字をトントンと指します。慣れていない人やなかなか理解してもらえない人だと時間がかかりイライラしますが、覚えてもらうために私は根気良くつき合います。

また、少ししてから、トーキングエイドという文字を押すと音声が出る機械を使用していました。しばらく算数の授業中に答えを発表するときなどに使用していましたが、トーキングエイドは重いし置く場所を常に考えないといけないため、現在は使用していません。

国語の時間に、詩を書く学習がありました。私は「びょういん」と聞くと常に嫌な顔をするので、「どうしてそんなに嫌なの?」「みんなって誰?」「これからどうしたいの?」という三つの質問を先生にされ、「びょういん」というタイトルで詩を書きました。

以下、私が書いた詩です。

びょういん　きらい
びょういんに　ずっと　いた
みんなに　あいたかった
おとうさん　おかあさん　たけしにいちゃん　のぼるにいちゃん
おともだち
びょういんには　ぜったい　もどらない。

この詩からもわかるように、私はそれほど病院が大嫌いな子でした。
一年間、無遅刻無欠席で登校できました!!
一年生のときの『あのね』（日記）を紹介します。

7がつ7か
せんせい、あのね。おともだちがやすんでるよ。さびしい。はやくがっこうにきてほしい。

10がつ15にち
きのう、ねつがでました。しんどかった。がっこうをやすみたくなかった。がっこうは、おもしろい。みんながいる。ぜったいに休まない。

10がつ28にち
きのう、おともだちふたりといっしょにかえりました。ちゃいろのかわいいいぬをみました。いぬは、はしっていました。こわかったです。

2がつ14か
スケートにいきました。こうべのポートアイランドにいきました。ほいくえんのせんせいふたりとがくどうのみんなとおとうさんとおかあさんとあゆみでいきました。みんながすべるのを見てたのしくなかった。かえりにこうべのおともだちのおうちにいきました。びんごゲームをしました。ぜんぜんおもしろくなかった。おかあさんたちがおはなしばっかりしていたからです。おともだちはサクションをしていました。

小学二年生

私は先生に宿題を出されるのが大好きな子でした。

クラス替えがあり、先生にクラス全員の友達の名前を覚えてくるようにという宿題を出されました。数日後、全員名前を覚えて言えるようになっていました。友達を早くつくりたいから覚えるのが早いからかわからないけど、すぐ覚えられました。先生も驚いていました。

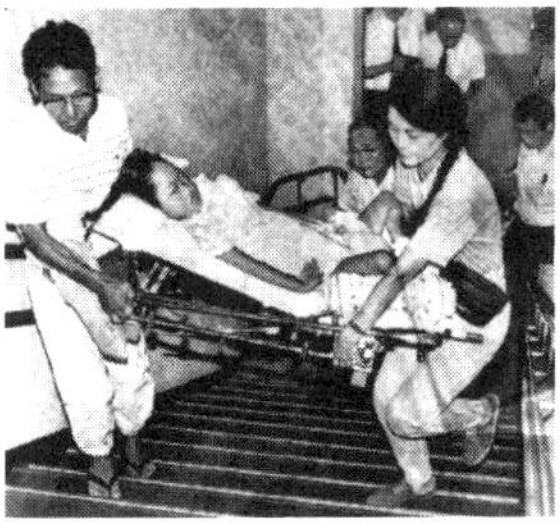

小一のときは階段移動は禁止されていなかったのに、小二になり突然、階段移動は危険だから禁止することを教育委員会に言われました。その後、両親と教育委員会で話し合いをしました。当時のストレッチャーは上下分離が可能だったので、市内の教育センターで上だけ分離し、階段移動の安全性を証明し、安易に禁止するのではなく、どうすれば安全に移動できるかの大切さを訴えて、禁止命令を撤回してもらいました。

国語の発問に対して、初めは「わからない」と答えていたけど、先生に「みんなも頑張って考えているよ」と言われ、私も頑張って考えようと思うようになりました。答えを発表するときは、文字盤やトーキングエイドを使用していました。

算数は、時間や長さや計算などを学習すると、すぐに覚え、すらすらできていました。しかし現在は、足し算や引き算は苦手です。

音楽は、小一と同様に、みんなの歌に合わせて口を大きく開けて歌いました。しかし何故か、二学期後半から口を大きく開けて歌えなくなりました。

プールは、小一と同様に、ミニプールに入りました。他校からミニプールを借りるのではなく、ミニプールを購入しました。みんなと同じプールに入れていたら、わざわざ購入する必要はないのになと思いました。

親の付き添いの解消がすぐには難しい状況だったので、学校の付き添いの代行を認めてほしいと教育委員会に要望していました。その結果、付き添いの代行ができるようになり、二月からなのはなの会の二人が土曜日に行けるようになりました。しかし代行が始まって間もなく、肺炎で一カ月間入院してしまい、二年のときは代行は二回しかできませんでした。

二年生のときの『あのね』を紹介します。

4月14日
先生のことをかく。さくしょんはちょっとだけうまい。ぺんのもちかたじょうずになってきたよ。またさくしょんしにきてね。あしたもべんきょうしようね。

4月29日
先生あのね。たけしにいちゃんのことをかく。たけしにいちゃんはいつもたたく。「しまいにはおこるぞ。」という。あゆみは、「へんなおじさん。」という。でもこころの中ではごめんなさいとおもっている。ひみつ。

6月17日
先生あのね。きょう先生がれんらくちょうをまちがえた。かん字ドリルとけいさんドリルをまちがえた。歩は書いているときだめだと思った。おぼえていた。赤でなおしたらいい。

6月23日
わたしは、レインコートをきて、雨の中に、出て行きました。たいいくそうこのまえの大きな木の下に行ったとき、雨のしずくがかかって気もちわるかった。てつぼうやブランコやろくぼくの下は、水がいっぱいたまっていました。

6月23日

先生あのね。学校から帰るとちゅうワゴンに雨がかかった。お友だちふたりと帰りました。はしって帰った。歩はちょっとだけぬれた。お友だちはぬれなかった。帰ってからずっとお家にいた。雨がふってだめだった。車で行けばよかった。

7月1日

きょうは、先生がびんをわりました。どじやった。あぶないことやった。だめね先生。だめと思った。またどじやった。のぼるにいちゃんたなばたしゅうかいでしゃべりました。じょうずでした。たなばたしゅうかいはたのしかった。

9月8日

のぼるにいちゃんのことを書く。のぼるにいちゃんがおなかがいたかったのでびょういんに行きました。きょうもびょういんに行きました。ほんとうにこわくなかったの。のぼるにいちゃんどこのびょういんに行ってたの。だいじょうぶだったの。ほんとうにだいじょうぶだったの。しんぱいしている。これでおわり。

10月28日

きのう、しりあいのおばちゃんに電話をしました。おばちゃんが、歩ちゃん、元気ですかと言いました。またあそびに行くねと言いました。歩は、おばちゃんのかおをわすれたと言いました。またあいたいです。これでおわり。

11月16日

きょう、学校に行くと校長先生がいました。「おはよう」っていいました。歩も「おはよう」っていいました。おそうじをしていました。めがねをかけていました。校長先生は、やさしいと思いました。これでおわり。

12月8日

きのう、なのはなのおねえちゃんとしゅくだいをしました。おねえちゃんは、じょうずでした。わたしは、おねえちゃんが大すきと思います。数字がへたやったです。これでおわり。

12月17日

きのう、びょういんに行きました。おいしゃさんに会いました。かんごふさんに会いました。いつもわたしのおせわをしてくれるおばちゃんに会いました。お友だちふたりとそのおかあさんがいました。おいしゃさんにクリスマスプレゼントをもらいました。ピーピー鳴く小鳥のおもちゃです。うれしかったです。「ちょっと早いけど」って言いました。お友だちのおかあさんがお友だちをだっこしていました。「おもたいな」って言いました。これでおわり。

1月12日
木曜日にエヌジーを入れました。はなのチューブのことです。いたかったです。ちがでました。七時から十時まで入れました。チューブがどこかに当たっていました。気もちを書きます。いたくていたくてなみだが出ました。これでおわり。

1月19日
きょう、なのはな（注・なのはなの会）のおじちゃんとしゅくだいをしました。算数の計算ドリルをしました。六ばんから二〇ばんまでしました。ペンがおちました。なのはなのおじちゃんのふくにつきました。なのはなのおじちゃんのおくさんにおこられるってなのはなのおばちゃんが言いました。なのはなのおじちゃんはしゅくだいがじょうずでした。これでおわり。

3月10日
わたしは、二月十日から入いんをしました。毎日たいくつでした。本を読んでくれました。早く学校に行きたいと思いました。お友だちとお話をしたいなと思いました。先生が今ごろ何をしているかなーと思いました。

今日、学校へ行きました。いっぱいすることがありました。おもしろかったです。外であそびました。

3月21日
きのう、お友だちが来ました。七人来ました。お友だちがあばれていました。一人だけ先に帰りました。他のみんなは、五時すぎに帰りました。わたしは、お友だちが来たのでおもしろかったです。これでおわり。

小学三年生

この年の先生は、休み時間であっても勉強を教えていました。休み時間、私はみんなと外で遊びたいのに花壇へ連れていかれ、「この花は～だよ」と花の名前を覚えさせられました。それがとても嫌で、ストレスがたまり、髪の毛が沢山抜けました。そういうことがあって以来、この年は友達があまり来なくなり淋しかったです。

五月。みんなと大阪の五月山へ遠足に行きました。クラスのみんなが班を作り、最寄駅から五月山までの二㎞を私のストレッチャーを紐で引っ張ってくれました。みんなと行けてよかっ

五月山へみんなで遠足

初登山！

たです。

いつも通りプールに入りました。先生は、安全や衛生面などを考え、プールに入る必要はないと考えていたそうです。しかし、私が気持ち良さそうににプールに入っている姿を見て、やはりプールに入ったほうが良いと考えたそうです。私はこの話を資料で読んだとき、何故そういう考え方をするのかな、淋しいなと思いました。

初めての登山

テレビで山に登っているシーンを見て、「私も山に登りたい！」と言い、七月末に長野県と岐阜県の県境にある乗鞍岳《のりくらだけ》へ登りました。ストレッチャーで登れるところまで登り、後は担架で行きました。夏なのに雪が沢山ありました。帽子を被っていたのに、顔だけ日焼けして漫画に出てくる熊五郎みたいになっていたので、みんなから「熊五郎」と言われていました（笑）。ずっと加湿器をつけていなかったため、夜に発熱してしまいました。しかし、翌日には熱は下がっていました。

以下、乗鞍岳へ登ったときの感想文です。

のりくらへ行ったよ

七月二十八日にのりくらへ行きました。お父さんとお母さんとのぼる兄ちゃんとなのはなのおばちゃんとわたしの五人で行きました。じょうほうかんというりょかんにとまりました。りょかんのかいだんをかついでのぼりました。女ぶろに入りました。気持ちよかったです。お母さんがあらいました。のぼる兄ちゃんがれんらく係で、なのはなのおばちゃんがバクバクで、お父さんがお湯につけてくれました。

次の日、車でのりくらへ行きました。雪がありました。ワゴンで山をのぼりました。ワゴンがゆれておなかがいたかったです。とちゅうからたんかにのりました。たんかの気分はらくちんでした。りょかんにかえってからねつがでました。さむかったです。しんどかったです。朝になったらねつが下がっていました。元気になりました。歩の元気にはまいったまいったとみんなが言いました。楽しいたびでした。

らい年は、と山県の立山に行きます。らい年も歩と一しょに行きましょうね。これでおわり。

十月に社会見学で、スーパーと市場へ行きました。入れない所からわざわざ品物を取り出して説明をしてくれて、とても嬉しかったです。また、マイナス二五度の冷蔵庫にも入りました。その時は覚えていないけど、きっととても寒かったと思います。

翌月、バスで市内見学へ行きました。当時、現在のようなノンステップバスが普及していなかったので、みんなとバスで行けるように、学校側が手作りのスロープを用意してくれました。嬉しかったです。

二年生の八月に、教育委員会が「親の付き添いを必要としない条件整備をする」と言っていたのに、条件整備をすると言ったことを認めようとしなかったので、十二月に付き添いストをしました。朝、父は学校に私を送った後、自宅に戻り、ケアが必要なときはポケベルで連絡がありました。教育委員会が私の自宅に来て、「そんな危険なことはやめてほしい！」と言いに来ました。

阪神・淡路大震災

翌年一月十七日、阪神・淡路大震災がありました。自宅はライフラインが止まり、呼吸器が止まり、両親が交代でバクバクしてくれました。その日は夜遅くまでボランティアに来てくれた近くの大学生たちと新年会をしていました。父は普段あまりお酒に酔わないけど、珍しく酔っ払ってしまい、母より先に寝てしまいました。そして朝早く起きて、サクションセットなどの消毒をしていました。

それをしている間に地震が発生し停電して呼吸器が止まった途端、キッチンからすぐ私の所に駆けつけてくれました。父が早起きしてくれたおかげで、大事には至りませんでした。因みに母は私の横で爆睡していて、全く気づかなかったそうです。兄の部屋は本棚が倒れ、ガラスの破片が散乱しました。冬だから布団をかけて寝ていたけど、夏なら大変なことになっていたと思います。

学校は、一月十七日・十八日と休校になりました。校舎に亀裂が入り使用不可となったため、二十七日まで運動場に青シートを敷いて三〇分単位の二時間授業でした。その後、学年別に市内の小学校二つに分散して授業を受けました。運動場での授業はとても寒かったです。

三年生の日記を紹介します。

4月17日
今日、ケーキを買いに行きました。かん西スーパーと上さかべの市場へ行きました。サッカーボールと花を買いました。花は、三本買いました。サッカーボールは、一こ買いました。のぼる兄ちゃんのおたん生日のために買いました。のぼる兄ちゃん何て言ってくれるかなあ。お楽しみです。これでおわり。

5月22日

土曜日、なのはなの会の人が来ました。七人来ました。後で二人来ました。先に一人帰りました。なのはなの会の人にサクションをしてもらいました。四人ともだちが来ました。いっしょにセーラームーンのビデオを見ました。とってもたのしかったです。これでおわり。

6月21日
十八日、なのはなの会の人のお家にとまりに行きました。三人いました。しゅくだいと本読みをしました。体をあらってもらいました。『まじょっこといちごの王子さま』と『あゆみとひみつのおともだち』という本を読みました。そのあと、ビデオとしりとりをしました。はみがきをしました。八時十五分におきました。顔をふいてもらいました。なのはなの会の人がゆめを見ました。とつぜん人形がめのまえに出てきたといっていました。負けた人がばつゲームをしました。これでおわり。

6月25日
今日、プールに入りました。水は、つめたかったです。きょうとう先生が、だっこをしてくれました。二かいめは、先生が入れてくれました。先生は、上手に入れてくれました。

7月3日

今日、うめ田へ行きました。お父さんとお母さんと私と行きました。電車で行きました。園田の駅で知り合いに会いました。また来てねと言いました。電車のまどから洋服の青山が見えました。うめ田のきの国やに行きました。『かえってきたネッシーのおむこさん』と『たんたのたんてい』という本を買いました。前の日曜日もサンサンタウンで五さつ買ったので、全部で七さつ新しい本がふえました。これでおわり。

7月10日
今日、知り合いの人が来ました。おじちゃんとおばちゃんとむすめさんが来ました。むすこさんは、家でねていました。「何しに来たの」と聞きました。「お家がかわったので、どんなお家か見に来たの」と言いました。「夏休みにおばちゃんのお家にとまりに行く」と言いました。「おふろあるの」と聞きました。「何色のおふろ」と聞きました。おじちゃんはビールを飲んでよっぱらっていました。知り合いの人が帰ってから、ビデオを返しに行ってから、コープに買い物に行きました。これでおわり。

9月11日
今日、クッキーを作りました。おばあちゃんに送ります。けいろうの日に送ります。ざいりょうは、おかあさんが買ってきました。さいしょは、のぼる兄ちゃんと作りました。小麦ことたまごとさとうとバターをまぜて気持ちよかったです。後は、たけし兄ちゃんと作りました。かたぬきをしました。かたぬきはおもしろかったです。それから、オープンでやきました。やくのに二〇分かかりました。電子レンジの前で、ずっと見ていました。わたしは、ながいなあと思いました。上手にできました。

以下は、私が通学していた学校が立ち入り禁止となり、仮設校舎ができるまでの二カ月間通学したS南小の友達からもらった手紙に対する返事です。

お手紙ありがとう。

わたしのすきなことは、おふろ、宿題、本などです。とくいなことは、オセロ、トランプ、国語の漢字などです。きらいなことは、病院だけです。

地しんのときは、食きがわれたり、お兄ちゃんの本だながたおれました。わたしは、こわかったです。

わたしは、病気じゃありません。手も足も動くことができます。だから何でもできます。かわいそうではありません。

今日でおわかれです。お友だちになれてよかったです。みなさんもがんばってね。さようなら。

小学四年生

三年五組　平本歩

この年は、勉強よりも友達関係を大切にしてくれた先生でした。

同じクラスに好きな男の子がいました。ある日、その子が体調不良で休んでいて、連絡帳を家に届けに行かないといけないということがありました。本当は他の子が届けに行く予定でしたが、私がどうしても行きたかったので、しつこく「私が届けに行きたい！」と言い、代わりに行けることになりました。嬉しかったです。

震災後、仮設校舎の前で

また、この年は、大イベントが沢山あり楽しい年でした。そして、家事をしたがったり夕方に学校から帰宅後もすぐ、「外に遊びに行きたい！」と言い、父と「しんどいから中に入ろう」、「外に行きたい」と三〇分すったもんだしました。また、休日等外出するとき、両親は車で行くほうが楽だから車で行きたがるけど、私は電車が大好きなので「電車で行きたい‼」と言い合っていました。

電車で行って初めて、あの大きなJR大阪駅には階段しかない

ことがわかり、私に教えられたと両親は言っています。因みに、現在はJR大阪駅にはエレベーターが設置されていてとても便利になりました。JR大阪駅にエレベーターがなかったのは驚きますね。また、階段しかない駅だとストレッチャーごと駅員さんに担いでもらいますが、両親は駅員さんに担いでもらうのは悪いなと思ったそうです。

北海道から呼吸器をつけた佐藤さんが来阪

五月。なのはなの会主催で、北海道で呼吸器をつけた佐藤きみよさんや東京の車いす使用の知人を呼び集会を開きました。そして、母が私の在宅五周年の報告をしました。

小一のとき北海道へ行ったときに、北海道の佐藤さんに「是非大阪にも来て下さい」と言うと、佐藤さんは「体力的なこともあって無理だと思う」と言い、みんな半ば諦めていました。しかしみんなの願いが通じて、北海道から来阪してもらうことができました!!

当時、飛行機にストレッチャー席を作るために六席分必要になるので、新千歳―関空まで往復約三一万円かかったそうです。高いですよね。因みに現在は一二万円まで値下げしました。

佐藤さんは、五月十一日~十七日まで滞在しました。滞在中、私の学校見学やタコ焼きパーティーや京都観光などをしました。私の学校見学をして、友達と文字盤で話をしたり唾液を取っている姿を見てとても素敵だなと思ったそうです。

バクバクっ子の立山登山

七月末。バクバクっ子七人、車椅子の子一人、ボランティアも含め、総勢九四人で富山県の立山《たてやま》に登りました。実行委員長は、愛知県のバクバクの会の賛助会員のSさんです。私の当時の主治医もついてきてくれました。

以下、立山に登ったときの感想文です。

立山に登って

立山は、と山県にあります。長野県がわから登りました。歩が組長です。なのはなの会の人五人と名古屋の人とお母さんが歩組です。

行く前の日に、かみなりが鳴ってこわかったです。お母さんがバクバクをしてくれました。出発するとき、わすれ物をしました。運転は、お父さんとなのはなの人二人と名古屋の人がしました。ニュー竹の屋という旅館にとまりました。こきゅう器のあつが上がらなくて、夜中ねむれませんでした。

たくさんのサポーターと立山に行ったよ！

次の日、トロリーバスに乗りました。電気で動くバスです。乗ってらくちんでした。景色は、見えなかったです。黒部ダムは、かがみで見ました。にじが見えました。すごくきれいでした。トンネルの中は、寒かったです。水が落ちていました。ケーブルカーの階段は、こわかったです。ロープウェイは、広かったです。登りは、こわくなかったです。景色が見えたから一番よかったです。向こうから、他のロープウェイが来ました。きっと他の所へ行くんだなあと思いました。

トンネルバスは少し景色が見えたけど、はばがせまかったです。トンネルバスの中は、バクバクで行きました。ホテル立山に入っておふろに入りました。ねる前にねつが出ました。

次の日、山へ登りました。地ごく谷がこわかったです。そこで休けいをしました。ラジオの人がインタビューをしました。それからNHKの人にインタビューをされました。寒かったからカッパを着ました。小屋の前でアイスクリームを食べました。それからずっと歩いて雪けいの雪をさわりました。つめたかったです。写真をとりました。

それから、おりました。みんなつかれていました。帰ってから写真で見るとつかれている顔をしていたからです。車でビューホテルへ行きました。おふろに入りました。えん会をしました。ひまでした。わたしも歌えばよかったです。えん会が終わってからねました。

次の日、ボンカレー号がこしょうしておそくなりました。立山へ行って一番よかった乗り物は、ロープウェイです。ニュー竹の屋のおふろは、あつかったです。後は、シャワーだったので気持ちよかったです。みんなにかついでもらってうれしかったです。

初めてのスキー

山登りの次は何しようか? そうだスキーをしようということで、翌年三月から父と母となのはなの人たちと私とバクバクっ子何人かで、兵庫県の北部のスキー場にスキーをしに行きました。バクバクで上まで上がり、滑るときはバクバクを外して滑りました。楽しかったので、その動作を何度もしました。スキーが、この頃から数年毎年恒例の行事になっていきました。

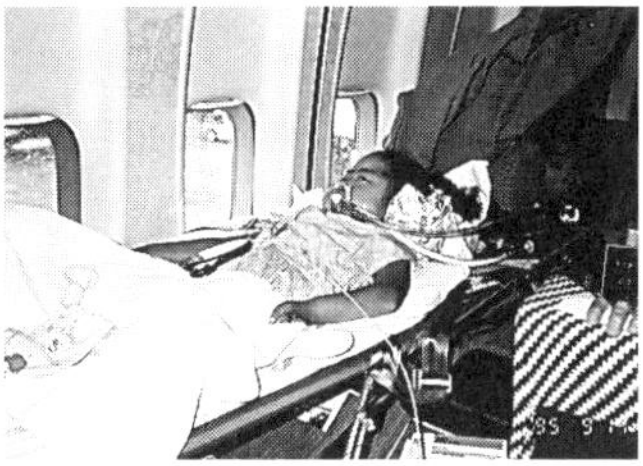

飛行機にはこうして乗るよ

小学校五年生

宿泊を伴う学校行事

五年生になってすぐ、兵庫県では五泊六日の自然学校があります。自然学校とは、兵庫県の各市町が県の補助を受けて行う学校行事のことです。自然学校の二カ月前の四月、学校側からこのことについて、何回か説明がありました。

一、みんなと行けるようにリフト付きの観光バスを手配する。
二、看護婦二人つけて親の付き添いなしで取り組む。
三、現地での行動も班行動で、寝室も風呂も一緒にする。

というものでした。

これについて、私の個人的な意見を言います。

一と三については私のことを考えてくれて嬉しいけど、二については不安です。何故なら、普段から私に全く関わっていない看護婦さんにケアされると不安だからです。実を言うと、看護婦さんはケアの仕方が雑な人が多いので苦手です。看護婦さんより普段から関わってくれている介助者にケアしてもらったほうが安心です。

話は脱線してしまいましたが、二については、私が入院していた病院のＮＩＣＵの看護婦さんと、学校側が探してくれた看護婦さん合計三名ついて来てくれました。普段から私に全く関わっていない看護婦さんについて来てもらうため、父も付き添わざるを得ませんでした。

五月から更衣、カニューレ交換、緊急時に関する研修会、バクバク、入浴介助の練習などを先生たちにしてもらいました。

恒例のスキー

三月に毎年恒例のスキーへ行きました。以下、感想文です。

多くの家族でスキー

三月七日、八日、九日と、スキーへ行きました。わたしたちのチームは、お父さんとお母さんとなのはなの会の人五人とわたしです。

車の中では、ずっと景色を見ていました。やっぱり尼崎と北の方では、ずいぶんちがうんだなと思いました。夜中、大阪の友達のお父さんが、大きないびきをかいていました。わたしは、心の中で、「なによ！このいびきは！　もう聞いてられないわ！」と思いました。

次の日、スキーをしました。タンカでスキー場まで行きました。それから、みんなで写真をなんかいもとりました。写真をとってから、神戸の友達と競走しました。一番上までみんながヒモで引っ張ってくれました。わたしが一位でした。神戸の友達が負けました。わたしは、勝ってうれしいなあと思いました。わたしは五回すべって、神戸の友達は四回すべりました。神戸の友達はえんりょしてて、わたしはいばっています。お父さんは、もう帰ろうやと言いました。わたしは、まだすべると言いました。わたしは、お父さんが、わがままだなと思いました。

それから、部屋へ着いて、休けいしました。お茶を飲んだ後、おふろに入りました。おふろの中はめちゃくちゃ暑いです。おかあさんたちが、頭あらわんとこうやと言いました。けれど、やさしいから、頭かんたんにあらってあげるわと言いました。うるさいからあらってくれたのかなと思います。ま、いつもどおりだと思います。

食堂で、神戸の友達といろいろお話ししました。友達のお姉ちゃんともお話をしました。食堂から帰ってから、みんなで、ビンゴゲームをしました。わたしは、八番目にリーチをしました。もらったのは、ミッキーマウスのハンカチでした。

次の日も、スキーをしました。交代で何人か引っ張ってくれました。最後に、お父さんと岡山の友達のお母さんたちが、リフトで上がってくるのでスキーをしているところを見ました。お父さんがスキーをしているのを初めて見ました。うまいなあと思いました。タンカでホテルへ行きました。昼ご飯を食べてから帰りました。

和田山まで混んでいました。と中で大阪の友達一家に会いました。友達は、すぐに帰りました。うとうとしているうちに、ねてしまいました。赤松で、一ぺん起きてしまいました。それからずっと起きていました。家に着いたら、あーつかれたと言いました。あっ、そうそう、おみやげを買いました。ウッドパズルと切りすてごめんのかたなと雪ん子作りとまくらを買いました。切りすてごめんのかたなは、お兄ちゃんをたたくやつです。いつもたけし兄ちゃんにたたかれているからです。

スキーは、けっこう楽しかったです。また来年もスキーしたいしすべりたいです。

みなさん、いっしょに行きましょうね。

小学校六年生

最終学年。

六月に、三重県に修学旅行へ行きました。普段からお世話になっている診療所の看護婦さん

二人がついて来てくれました。
秋の運動会では、私のストレッチャーを利用して、組体操で友達が手足を乗せて参加しました。参加方法をみんなで考えました。
卒業式では、クラスの友達が壇上までストレッチャーを押してくれました。

以下、私がその年の初めに書いた「今年の目標」です。

静かにする
文句を言わない
これが私の今年の目標
でもでも……
私の心がさけぶ
「できっこないよ　そんなこと」

そして、以下、卒業文集です。

雪の日も通学したよ！

私の夢

六年間で特に印象に残ったのは、五年生のときに行った自然学校です。城崎マリンワールドで、セイウチが私に「こんにちは」とあいさつしてくれました。私は、うれしくなりました。イルカショウも見ました。イルカは、空の方に向かって飛びあがっていました。

中学生になったら、私は、もっと静かにしようと考えています。なぜかと言うと、みんなからうるさいと言われるからです。それから、文句を言わないことです。みんなから文句が多すぎると言われています。

家族で釣りをしたよ！

富士山の五合目まで登ったよ！

私の夢は、小学校の先生になることです。お母さんみたいな優しい先生になりたいです。先生になるためには、いっぱい勉強をしたりいろいろ知らないといけません。優しい先生になりたいです。みんなから好かれるような先生になれたらいいなと思います。

こんなことを書いたけど、現在は教師にはなっていません。

■コラム■

平本歩さんから学んだもの

北田賢行

一　生い立ちと入学前の経過

歩さんは、生後三カ月のときに筋力が低下するミトコンドリア筋症という病気であることがわかり入院、六カ月のときに人工呼吸器を装着しました。進行性の病気のため呼吸器は手放せません。それでも四歳のときに退院して、保育園に入園しました。保育園生活の中で「子どもは子ども同士の関わり合いの中で育つ」と実感したご両親は地域の小学校に通わせたいと希望しました。

しかし、尼崎市ではそれまで普通学校で人工呼吸器をつけた子どもを受け入れた例はなく、県教育委員会や学校と何度も話し合いが続けられました。最終的に県教委の判断に委ねるものでしたが、その間も障がい児教育部会を開き、部会を中心に保育所の訪問、保護者と全職員の話し合い持ち、条件整備など議論を重ねていきました。このような経過の中、①障がい児学級の設置、②原学級保障はできないが交流教育を最大限追求する、③障がい児学級は単独（歩さんだけ）、④医療行為については親が責任を持つ、⑤入学後のことも検討する場を学校主体として持つ、という五点の条件で県教委の決定が下されました。私はその時の原学級（障がい児学級に在籍する子どもの本来の学級という意味での通常学級）の担任をすることになりました。

二　自閉症の子の担任をした経験から

私が歩さんの担任として手をあげたのには、前任校で自閉症の子Yさんの担任をした経験があったからです。彼は教室を飛び出したり、給食を皆が揃うまで待たずに食べたりと、たいへんな毎日でした。ところが、教師の言うことは少しも聞かないのに、他の子どもの言うことなら聞くようになり、子ども同士の関わりの中で、子どもたち自身が成長していくということを目の当たりにしました。

教員が、Yさんにはできないだろうと思っていたことも、できるようになることもありました。例えば、「Yさんだけ掃除をさぼってずるい」と友だちが言います。そうするとYさんもみんなと同じように掃除をするようになりました。すべてのことを他の子どもたちと同じようにできるわけではないですが、友だち同士で、これはできる、できないを考え、輪の中に入れるようになっていきます。このように、「教師根性を出してやろうとしたことが、ことごとく覆される」という経験を経て、子どもたちと共に、地域で共に生き、共に学ぶことの意義を実感しました。

三　入学した歩さんと子どもたち

歩さんは入学直後、まわりを同級生に取り囲まれ、「なんで歩けないの?」「しゃべられへんの?」人工呼吸器に対して「これ何?」など、好奇心いっぱいの質問攻めを受けながら学校生活をスタートさせました。

私は、クラスの保護者たちに対して、担任と障がい児学級の担任と二人の教師が学級にいることで、「何かと行き届いた教育ができ、他の子どもたちにも貴重な経験ができるのではないでしょうか」と所信を述べました。

部分交流（普段は障がい児学級で過ごし、部分的に原学級で一緒に過ごす）ではなく、共にクラスの一員として過ごすことで、彼女の意欲が発揮され、また他の子どもたちにも様々な影響を与えていきました。初めの頃は、子どもたちも、どうかかわっていいかわからずにいましたが、徐々にかかわれるようになり、学習や生活を通して、子どもたちも歩さんがいることを当たり前のこととして受け入れていきました。これは彼女と日常的に接することによって自然にできたことで、部分交流であれば、そうはいかなかったでしょう。

私自身、ある時に「人工呼吸器は歩さんにとっては生活するための単なる道具でしかない」と気づきました。それまでは「人工呼吸器をつけなければ生活できない女の子」と、私でさえ特別視していましたが、メガネや杖と同じように人工呼吸器がある、普通の女の子がたまたま人工呼吸器をつけて生活しているだけだと思えるようになりました。それは、歩さんとかかわる中でわかるようになった、貴重な経験でした。

四　困難・課題にぶつかりながら

しかし、こうした取り組みに対して、正面からの批判はなかったのですが、夜中の無言電話や歩さんの仲よしへの陰口など、嫌がらせがないわけではありませんでした。

彼女が小学校を卒業するまでの間には様々な困難がありました。私も、彼女から吸引した痰をためる瓶を割ってしまうという、思わず冷や汗をかくような失敗をしてしまったこともあります。また、保育園では保護者の付き添いなしに過ごせたのに、入学に際して親の付き添いを条件付けてしまったことも、学校として解決していかなければならない課題の一つでした。

このような困難がありましたが、この実践は、関係行政の努力と小学校の教職員の全校あげての取り組み、とりわけ二人の担任と学年集団の緊密な支え、ご両親と支援のボランティアの支えなど、多くの協力体制の下に展開することができました。また私自身、彼女のお父さんの「工夫するのが教師の仕事」という言葉に叱咤激励されながら、「できない」ことばかりに目を向けるのではなく、どうすればみんなと一緒に参加できるのかという観点で取り組んでいきました。

歩さんは、人工呼吸器をつけているために発声はできませんが、顔の表情、舌、指の動きと、文字盤の使用によってコミュニケーションを取り、皆と同じ教室で共に学習し、自分の意見を発表することができました。そうした実践を通じて、入学当初は「垂直移動の禁止」（二階・三階への移動をさせてはならない）ということが条件づけられていたのですが、市教委と交渉して撤回させ、階段昇降機を設置させることにも成功しました。また、体育大会でも、ストレッチャーを使っているからといって排除するのではなく、どのような形でなら参加できるのかを考えました。

五　インクルーシブ教育の可能性

こうしたことは、「共に生き・共に学ぶ」インクルーシブ教育が、たとえ人的・物的に不十分さがあったとしても、すべての学校で実現できるという可能性を示していると思います。たしかにインクルーシブ教育は、法・制度・労働条件・施設など、どれをとってもまだまだ厳しい現状にある地域が多く、それはまた日本における障がい者を取り巻く差別が依然として現存していることの反映です。しかし、これらの問題は実践を通じてこそ克服していけるのだと思います。

かつての障害児教育は、健常児に近づけるための教育、障害を克服するための教育でした。インクルーシブ教育は、その反省から生まれたものです。障がい児は、学力をつけることも必要ですが、それだけでは十分ではありません。大人になって働いても、月収はせいぜい二万円。地域の中で関係を築き、その中で生きていくことが重要なのです。

特別支援学校（養護学校）に閉じ込めてしまったら、他の子はどうかかわったらいいか分かりません。教え合う関係の大切さはフィンランドなどでも証明されています。子どもと子どもが出会い、学び合っていくことは、かけがえのない経験となります。

実は、このインクルーシブ教育という課題は、教師になるという夢の実現に向かって歩き始めたその瞬間から、私自身の生き方にかかわる問題として突きつけられたものでもありました。私が大阪教育大学に入学したとき、合格者の一人が障がいのために入学を拒否されるという事件がありました。そのことを知った私は、障がい故に学友が排除されてはならないという思いに駆られ、大学入学のその日から当局に対する抗議行動に加わったのです。その時の思いと行動とが、私の教師生活のすべてを貫いてきたのだと思っています。

第四章　中学校

（一九九八年～二〇〇一年）

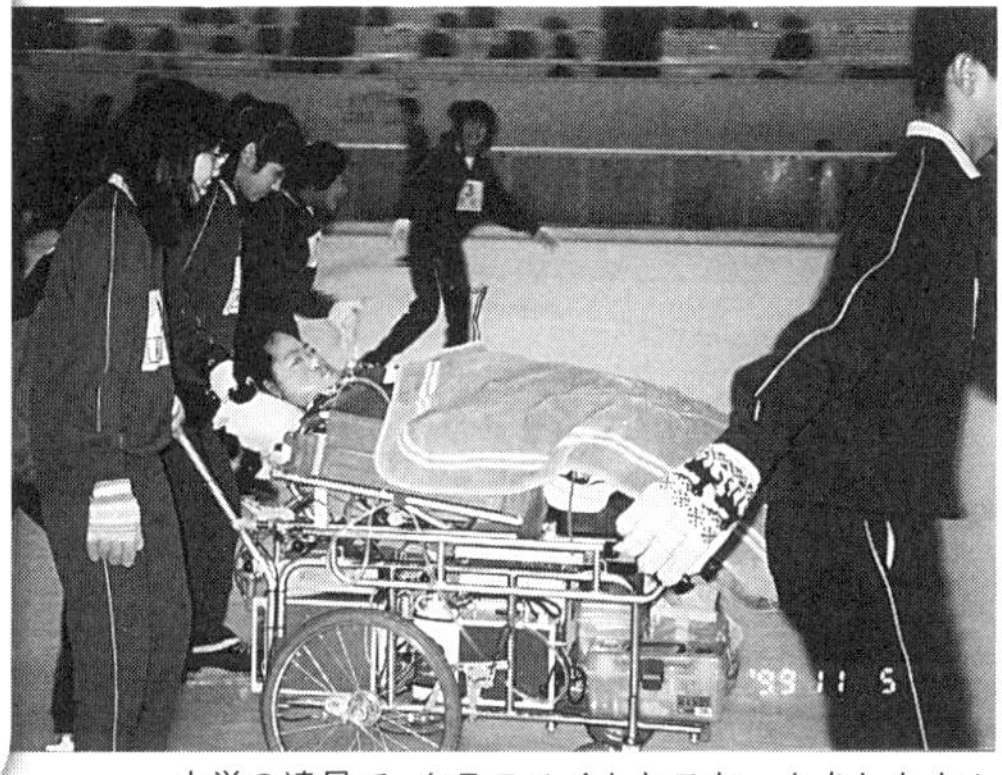

中学の遠足で、クラスメイトとスケートをしたよ！

中学一年生

中学校も、普通校へ行きました。

校舎にエレベーターがなかったため、エレベーターが完成する九月まで、教室移動の度に先生たち六人でストレッチャーを担いでもらっていました。

九月。淡路島に野外活動へ行き、カッター訓練をしました。この時は、かかりつけの診療所の看護師さんについて来てもらいました。
カッター訓練とは、一二人の漕ぎ手が左右に並び四メートル余りのオールで水をかくことです。ストレッチャーの上の部分だけ取り外し参加しました。波があって揺れたので怖かったです。砂浜の造形もしました。クラスの友達がベニヤ板を次々と置いて、砂浜に行けるようにしてくれました。嬉しかったです。この時発熱してしまいましたが、すぐにおさまりました。

一月。肺炎のため一〇日程入院しました。

三月。毎年恒例のスキーへ行きました。翌年四月に修学旅行でスキーをするため、中学校の先生たち数人がスキーをしているところを見学しに来てくれました。

以下、日記です。

1月3日
サンサンタウンへ歩いて行って歩いて帰った。電車で帰りたいと言ったけど、親はだめだと言った。子どもの思いを大切にしてほしい。

1月5日
天保山に行った。観覧車と海遊館に行った。とても楽しかった。カップルがお手手つないでた。ミッチーとヨシリンみたいだった。
お父さんが禁煙をすると言っていたのに、もう吸ってしまった。お金のむだ使いだ。人のことは言えない。

2月22日
つらくて苦しいテスト勉強だった。がーん。でも勉強はいやでもしなくちゃね。いっぱい勉強した。

3月13日～14日
ハチ高原へスキーに行った。力のないスキーだった。時速一〇〇km出したかった。みんなで競走したけどビリだった。老人たちはえっほえっほと言いながら引っ張った。今度はスノーボードに挑戦したい。

3月15日
今日は、好きなことをした。女王様みたいな暮らしだった。春休みはいっぱい遊ぶぞ!!

中学二年生

私は普段から歯医者さんに往診してもらっていて、十月に自宅で抜歯しました。初めて抜歯してとても痛かったです。
十一月。遠足でスケートへ行きました。スケートは二回目です。

三月。毎年恒例のスキーへ行きました。以下、感想文です。

スキー、楽しかったよ！

三月十九日、二十日と、ハチ高原に行きました。私と父と母となのはなの会の人六人と、その友達二人と、大阪の友達二組と、ボランティアの人たちが来ていました。

一日目。雨が降っていたので、みんなで人生ゲームをしました。私が勝ちました。イエーイ!!　人生ゲームをしているときに、岡山の友達と友達のお母さんとボランティアの人が来ました。雨の中、友達はスキーをしました。楽しかったそうです。

人生ゲームをした後、大人たちは御飯を食べました。御飯を食べた後、全員でビンゴをしました。なかなか私はビンゴになりませんでした。とうとう私はビンゴになりました。景品を選びました。最初はコーヒーカップを選びました。が、誰かが、「歩、彼氏にコーヒーあげたら」とか言ってきたからやめました。豪華なタオルを選びました。ビンゴゲームが終わって寝ました。

二日目。朝からスキーをしました。みんなが私のスキーをエッホエッホと引っ張ってくれました。今回は若い人たちが引っ張ってくれたから、ちょっとはスピードが出ました。みなさん、お疲れ様でした。本当はもっとスピードを出してほしかったです。まあ許してやるか！

また再来年もスキーをしに行きたいです。おわり

以下、この年の日記です。

4月2日
つまんない一日だった。パソコンとTVだけだった。やっぱ十一時はおそいか。よーし、八時に起きるぞ！　歩よさらなるファイト!!

4月8日
お母さんにおこられた。火山の噴火のようだった。お母さんはやっぱりこわいなー。ドカーンというような音だった。

9月17日
今日は憂鬱な日だった。だって歯医者さんから、あさって行きますと電話があったもの。あー

あ、あさって生きてるか死んでるかやなあ。生きてるとええけどなあ。

9月19日
ついに運命の時が来た。ますいは全然痛くなかったけど、抜くときが痛かった。歯はみんなに見せたいような見せたくないような。とにかく終わってよかったよかった。あたしゃ疲れたよ。歯を抜くなんてもうこりごりだよ。あーあ、耳鼻科のほうがよっぽどましよ。

9月21日
しんどかった。原因は歯を抜いたからだと思う。お母さんは夜遊びのしすぎだと言ったので、私はムッとした。なんて冷たい母親なのだろう。普通なら、「あゆちゃん、大丈夫?」って心配するのになあ。

9月26日
HEP FIVEに行った。観覧車に乗るために行った。ついに夢が実現したのだ。この家に生まれてよかった!!!!

10月12日

テストをかえしてもらった。英語がめっちゃよかった。こんなにいい点が取れたのは、岳志が教えてくれたおかげだ。岳志が就職しても、ここを出て行かないでほしい。

10月18日
お母さんに怒られた。おー、こわ。あーあ、こんな親どこにでもいるだろうか。よーし、おばあちゃんに、お母さんがよく怒られたか、そして、どんな教育をしていたか聞いてみようっと。

10月28日
基礎英語を聴いた。絵の中に、男と女がキスしているところがあった。大人になったら、あたしもあんなふうにしたいなあ。どうしてうちの親はしないんだろう。愛し合ってないんだろうか。

12月15日
今日はのんびりしてた。あーあ、いいな、こんな生活。明日からは受験モードに切り替えるぞ!!

12月23日

お母さんが風邪で寝てた。わーい、お母さん、怒る元気ない。こういう時が一番幸せ。明日は絶対に元気になってほしい。

12月26日
エジプト展へ行った。ミイラを展示していた。ちょっと怖かった。ルミナリエにも行った。すごくきれいだった。結局、M君に会えなかったなあ。残念。

12月28日
誕生日会をした。一四歳になった。岳志は一〇歳くらいやなと言った。あたしは一四歳という自覚がある。それはかなちゃんに本をあげること。ちくしょう、岳志め。

2000年1月1日
年賀状が来た。なぜM君の年賀状が来ないんだろう。郵便屋さーん、早くM君の年賀状持って来てくださーい。

1月5日
M君から年賀状が来た。もううれしくてうれしくて。今日はハッピーだった。うふふふ。

1月11日
宿題が終わった祝いをした。みんながお疲れさまと言ってくれた。なんていい人たちだろう。あたしゃ感動したよ。

2月5日
実力テストが返ってきた。社会だけ返ってきた。一六点だった。トホホ。まあ実力だからいいでしょう。明日から頑張るぞ!! エイエイオー!!

2月8日
英語のテストが返ってきた。四一点だった。何も勉強してないのにこんな点取れるなんてすごい!!

3月2日
やっと期末テストが終わった。やれやれ。五日から受験モードに切り替えるぞ!! エイエイオー!!

3月9日
受験勉強をした。一年の復習だからめっちゃ簡単だった。毎日やるぞ!! エイエイオー!!

3月14日
M君が来た。バレンタインのお返しに花をもらった。あたしのことが好きで花を持ってきたのね、きっと。チョコをあげてて、本当によかった。

3月15日
M君からメールが来た。スキーのお土産、何がいい？ と書いたら、何でもいいと返事が来た。何にしようかな、キーホルダーを買おうかな。安いし、軽いしね。

3月22日
お父さんが人差し指のつめを切った。血が出た。お父さんがつめを切るから、血が出たのよ。全く何を考えているのかしらね、お父さんは。

3月24日
通知表をもらった。2と3だった。M君に見せられるかどうかの境目だった。仕方ないね。

3月31日
病院へ行った。一〇年前、私は退院した。昔は私をかわいがっていたのに今は怒ってばかり。昔に戻りたいよ。

中学三年生

四月。長野県の志賀高原にスキーをしに行きました。三三〇mを五五秒で滑り降りてとても気持ちよかったです。以下、感想文です。

三三〇mを五五秒で滑り降りたよ！

四月十六日〜十八日まで、修学旅行に行きました。行き先は、志賀高原です。バスで行きました。八時間かかりました。看護婦さんが二人付いて来てくれました。着いたら、一六℃でした。そんなに寒くありませんでした。（着いてからお風呂に入るまで何をしたか忘れました。）お風呂に入りました。ホンマは、露天風呂に入りたかったです。

ガーゼ交換が終わった後、ひもを結んでいるときに、カニューレが抜けかかっていました。少し怖かったです。看護婦さんが入れ直してくれました。お風呂に入った後、寝る用意をしました。回路のセッティングがなかなかうまくいかなかったからしんどかったです。やっと寝れました。やれやれ。

二日目。朝からスキーをしました。何人もの人が私のスキーを引っ張ってくれました。優秀なインストラクター四人と滑り降りました。ホンマは友達と競走したかったです。一時間くらいスキーをしました。もっとスキーをしたかったです。昼からもスキーをしました。二時間はスキーをしたかったです。

夜、友達とお土産を買いに行きました。沢山の人にお土産を買いました。私の大好きなM君にもお土産を買ってあげました。もう嬉しくて嬉しくて!!

お土産を買いに行った後、寝る用意をしました。これがまたネックなんです。回路のセッティングはうまくいったけど、今度は人を呼ぶための舌打ちができなくなりました。やっとできるようになって寝れました。

三日目。朝からスキーをしました。何度も滑りました。最後に、三三〇mの距離を五五秒で滑り降りました。お父さんがタイムを計ってくれました。みなさんすごいでしょう。修学旅行は楽しかったです。

五月に親の付き添いなしで写生会へ行きました。朝、父が学校まで私を送って行き、帰りは先生が私を自宅まで送ってくれました。医療的ケアは、全て障害児学級の先生がしてくれました。親の付き添いなしで行けてとても嬉しかったです。

高校受験のこと

この年は、毎日受験勉強をしていました。最初は自宅近くの高校を希望していたけど、電車通学がしたかったので、わざわざ電車通学ができる高校に変更しました。親だけでは時間や力の問題があり、三人の勉強ボランティアに来てもらい、それぞれの得意教科を教えてもらいました。

受験勉強はパソコンでしました。パソコンは小五から使用していました。勉強は作文や宿題の答えを書くだけでした。当時、左右どちらかの手の中指が動いていたので、それでパソコンを操作して勉強していました。

二学期から父が学校にパソコンとスキャナーを持参し、付き添いの合い間に五教科全て教科書や参考書を取り込み、パソコンで答えを入力できるようにしてくれました。それをするのに一カ月近くかかったそうです。

英和辞典や国語辞典も電子辞書をインストールしました。パソコンで初歩的な計算ができないとわかり、親はとてもショックだったそうです。父は数学が得意だったので数学を教えてもらいました。私に教えて練習問題を頻繁にしましたが、何回父が教えても私がなかなか理解しないため、「こんなんもわからんのか！」とベッドを叩いて怒られたのを今でも覚えています。毎晩夜遅くまで受験勉強をしました。

そして入試。中学校のパソコンで受けました。バックアップ用として私のパソコンを持ち込みました。解答欄だけパソコンに取り込み、解答をパソコンで入力していきました。問題文をめくったり問題文の位置をずらしたり唾液を吸ったり……という介助は、中学校の障害児学級の担任の先生がしてくれました。そして医療的ケアは父がすることになりました。解答を入力していくのに時間がかかるため一・五倍時間延長してもらったり、漢字の書き取り問題だけ単漢字変換し後の人名や漢字は一括変換で許可してもらったり、英語のリスニングのメモをとる時間を確保してもらったり……と、中学校や市の教育委員会が、県の教育委員会と交渉し配慮してくれました。

兵庫県の場合、総合選抜制で、市全体の受験者の得点の高い順から合格者を決めていきます。志望校は配慮されるものの、定員、男女比、居住地等によって志望校以外に回される場合もあります。配点は、内申（五〇〇点）と試験（五〇〇点）の合計一〇〇〇点で合格ラインは三七〇点くらいです。内申は一〇段階で、普通学級在籍の全生徒がランク付けされます。障害児学級は別枠で、一人学級の場合は6、二人学級は5と6、三人学級は5、6、7といったように、籍で決められています。私は一教科一四点しか取れなかったけど、まあ毎日受験勉強して頑張ったからよしとしましょう。

そして合格!! 合格した気持ちをマスコミに聞かれ、「マジ嬉しい!! もう最高!!」と答えました。理系があまりできないのに、「ナースのお仕事」というドラマで医師と看護師が結婚しているシーンを見て、私も看護師になりたいと思い、「将来の夢はナースです」とマスコミに言ってしまいました。動機が不純すぎますよね。今思うと、きちんと考えてから言うべきだなと思います。

私の自宅のあるJRの最寄駅には、行きはスロープでホームに入れるけど帰りは中央のホームに止まりエレベーターがないため、高校見学会、入試、合格発表のときに、他駅の駅員さんにストレッチャーごと担いでもらっていました。(最寄駅には駅員さんが一、二人しかおらず、担いでもらうには六人必要なため。)

しかし、合格者説明会の帰り、JR側から「車椅子と電動車椅子は規定にあるが、電動三輪車やストレッチャーは規定にないのでお断りしています。どうするかは支社で検討しているのでその結論を待ってほしい」と言われました。

一回目の話し合いで、「協力させてもらいます。ただし、帰りは最寄駅を通過してエレベーターのある次の駅まで行って折り返してほしい」と言われました。そして二回目の話し合いでは、「期限は明言できないがエレベーターを設置する。その間、申し訳ないが折り返してもらえないか」と言われ、話し合いの決着がつきました。
九月にエレベーターが設置されるまで、帰りは最寄駅を通過してエレベーターのある次の駅まで行って折り返していました。

以下、高校に入学したときの感想文です。

はれて、華の女子高生になりました！

私は、この春、高校に合格しました。発表の前日から、心の中で合格しますようにって祈りました。見に行く前は、ちょっとドキドキしました。合格したとき、私はマジで嬉しかったです。
入試前はメッチャ勉強しました。夜遅くまで勉強しました。長い長い試験勉強でした。試験勉強は嫌だったけど頑張りました。ほとんどお出かけもしませんでした。遊びたいと何回も思ったけど、やっぱり試験勉強しなければならないと思い直しました。ストレスがたまりまくってました。

何でその高校を選んだかというと、電車通学したいからです。それと人気があるからです。朝七時三十分に家を出て、夕方五時に家に着きます。行きは、T駅～I駅までスッと行けるけど、帰りはT駅にエレベーターがないので、T駅を過ぎてA駅まで行ってまたT駅に戻ります。回り道をするし時間がかかるから困ります。

最初は、電車通学をするのにJRともめごとがありました。「車椅子と電動車椅子は規定にあるが、電動三輪車やストレッチャーは規定にないのでお断りしています」と駅員さんに言われました。それから、母がプッチンキレました。それから、JRの人が謝りに来て、何回か話し合いをして、「年度内にはエレベーターをつけるので、それまで回り道をしてほしい」ということでした。私は回り道をするのが嫌だなあと思いました。「お断りしています」と言われて、もしかすると電車通学できないなあと思いました。もっとJRが車椅子の人のことを考えて、いつでも誰でも乗れるようになってほしいです。

学校の様子を書きます。勉強はとても難しいです。中学校のときよりもっと難しいです。高校は宿題が沢山出ます。家に帰って宿題をしたり予習をしたりして、真面目に勉強しています。あーあ遊びたいなあ。なので、あまりTVも見ないしお出かけもしません。お風呂も時間がかかるので、あまり自由な時間がありません。メールを見るのが楽しみです。

友達を作りたいけどまだできていません。パソコンクラブに入りました。まだ活動していません。勉強も遊びも頑張ります。楽しい高校生活を送りたいです。

夜遊びの歩より

入試が終わった途端、参考書や問題集のファイルを捨ててしまいました。現在もそうですが、不要だと思った物はすぐ捨ててしまい、時々周りの人に怒られます。

以下、この年の日記です。

4月8日
ジュンク堂へ行った。お父さんだけしか本を買わなかった。私は買わなかった。ズルイ×2。あーあ、金持ってくりゃよかったなあ。

5月4日
ことわざ辞典を見た。その中に、「学問に近道なし」ということわざがあった。私はこのことわざがちょっとだけ気に入った。そうか、受験勉強はコツコツやるのか。ところで、コツコツって何だろう？

5月20日
岡山へ行った。ＪＲの駅員さんが、「病院へ行かれるんですか？」と聞いた。病院に行くならわざわざ岡山に行かなくても、近くの病院に行くわよ。全く何を考えているのでしょうね、駅員さんは。

5月23日
お父さんなしで写生会へ行った。親と離れてメッチャ嬉しかった。大人になったら、親と離れて暮らしていけるかな。

6月2日
やっと中間テストが終わった。ヤッター！　しかし次は実力テストがある。トホホ。また試験勉強をせなあかんな。よーし頑張るぞ！

7月8日
ノンステップバスでミドリ電化へ行った。バスを待っていた。バスが来たと思ったら、お客さんは乗ったのに私だけ乗せてくれなかった。つまりおいて行かれたのだ。後で市の交通局から電話があった。理由は私の姿が見えなかったから。本当は私がバスに乗れないと思ったかもしれない。

8月9日

今日からお母さんが入院した。半分嬉しくて半分淋しい。甲状腺の手術中に医療ミスにあいませんように。

8月23日

講演の原稿を書いた。あーあ疲れたなあ。みんな喜んでくれるかなあ。早くその日が来るといいなあ。

第五章　高校

（二〇〇一年〜二〇〇四年）

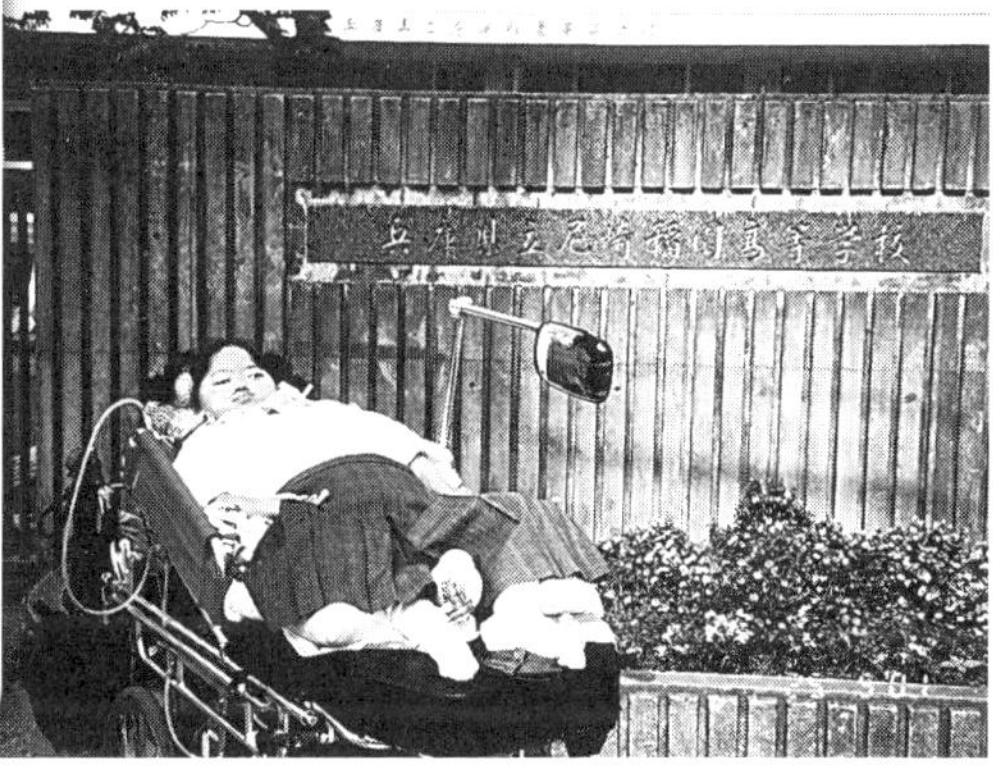

高校一年生

授業について

高校に合格したとき、私の他に障害をもった生徒五名が在籍していて、しかも学習などの介助をしてもらう人が必要だったため、「履修困難生徒研究指定校」と兵庫県教育委員会から指定され、授業に介助員が付きました。ただし、サクションなどは父がしていました。

最初に、勉強について書きます。

合格した喜びも束の間、宿題が沢山出され試験がありました。進学校だから仕方ないですね。試験問題と解答用紙は高校側がパソコンに取り込んでくれました。

また、板書の書き取りはほとんど介助の先生がしていました。教科書等を固定するボードをストレッチャーの横に設置し、そのボードを左右に動かしながら板書と交互に見ていました。指示は舌を使用していました。私は一番後ろの席だったので、黒板が見える範囲や文字の大きさの確認を毎回教科担当の先生がしてくれ嬉しかったです。

親の手違いでノートを忘れたりパソコンの調子が悪く印刷不可能で宿題を提出できなかったりすると、板書をしてもらえず、後日クラスの生徒のノートのコピーがかばんに入れられるということが度々ありました。ノートを忘れた理由を介助の先生に言おうとしたけど怖くて言えず、「教科書ぐらい読んできなさい」「他の方法でやってきなさい」と叱られました。

美術では、介助の先生に鉛筆や筆を右手に持たせてもらい、絵等を描きました。

体育は、授業内容に沿ったプリントと筆記テストとレポートで評価されました。しかし、内容が全く理解できないままレポートに感想を書く欄に「わかりません」と書いたら、介助の先生に「こんなのだめ」とレポートを突っ返されたり、学年末に追試があったり……と、とても大変でした。教科担当の先生が、内容を説明してくれたらまた違ったかもしれません。

家庭科は食物について学習したけど、鼻のチューブからミルクや白湯しか注入したことがなく他の食物を食べたことがないため、この単元の内容を理解するのは難しく、家庭科も学年末に追試がありました。

国語の小テストは文字盤で答えていました。社会の小テストでは、次回の授業までに自宅のパソコンに打ち込み印刷して持参するという形が多かったです。

今も苦手な数学。前半は教科書しか見られず、板書の書き取りはしていなかったけど、問題を解くのは頭の中でしないといけないため、授業についていくのが困難でした。しかし後半、板書をパソコンで書き取りするようになったものの、慣れていないので最初はスピードについていけませんでした。そのうち慣れてきましたが、それでも授業中に問題を解くことは不可能でした。試験前、放課後に教科担当の先生に個別指導を受けました。

苦手な化学。小テストで成績が悪かったため、成績が悪い他の生徒数名と共に教室に呼ばれ、指導を受けました。

ＯＣＡ（オーラルコミュニケーションＡ）という英語の授業では、パソコンで板書の書き取りをするまでは、教科担当の先生にされた質問の答えは、文字盤で答えていました。パソコンで板書をするようになってからは、教科担当の先生からの質問もパソコンでしたりパソコンで私が質問したりしていました。

学校生活・行事について

次に、勉強以外のことについて書きます。

五月に二泊三日で新入生オリエンテーション合宿で神鍋高原へ行きました。看護師さん二人と父が付いて行きました。歌を歌ったりニュースポーツというのをしました。民宿のお風呂は狭いため、民宿から離れた福祉施設へ行きました。お風呂を借りて入りました。私の自宅に介助の先生たちが来て、入浴の練習をしてくれました。正直言って、合宿はあまり楽しくありませんでした。

文化祭では、ベビーカステラの店番や後片付けなどをしました。他の店を回りましたが、どの店が面白かったかあまり覚えていません。

九月に避難訓練がありました。終了後、二階の教室に戻ろうとしました。エレベーターが狭いためストレッチャーのリクライニングを上げたら、呼吸器の回路が外れてしまいました。私は呼吸器の回路が外れると息ができなくなり苦しくなり、最悪の場合、死に至ります。その時私は介助の先生に「バクバクして」と文字盤で伝えようとしたけど、段々苦しくなり、父を呼び駆けつけたときには顔面蒼白でした。先生がバクバクしてくれたら大事には至らないと思うし、父が来てくれなければもっと大変なことになっていたかもしれません。

一月のマラソン大会の練習時。二人の介助の先生がグラウンドに私一人残して、他の生徒と共に走ってしまいました。私は介助の先生に「呼吸器が外れるかもしれないからここにいて」と言いましたが、「呼吸器外れるの？　一分三〇秒待てないの？」などと言われ、それ以上何も言えませんでした。

高一の終わり頃、介助の先生があまりにも「勉強！　勉強！」と言うので、私は、「『勉強！勉強！』って言わないで。『頑張れっ！』て言わないで。勉強のことは、教科の先生に聞くから」と言いました。先生は「あら、そう」と言って、それから何も言わなくなりました。

高校二年生

介助の先生は新体制になりました。

板書の書き取りは全教科パソコンでしました。パソコンでできない図形などは、先生が書いてくれました。授業の内容を質問したりノートの進み具合を見るために、教卓にもパソコンを置いてもらい、嬉しかったです。それにより、前年度よりもスムーズに勉強ができました。

文化祭では宣伝を担当したため、パソコンで宣伝文を書き印刷しそれと共に移動しました。前年度と同様、店番をしました。

体育大会の入場行進は参加したけど、他の競技は応援のみでした。

前年度は学校のエレベーターを使用して避難訓練をしましたが、今年度は地震の想定のためストレッチャーを分離して避難訓練をしました。大体災害時はエレベーターは使用不可能なのに何故エレベーターを使用するのかわかりません。

一月に修学旅行で北海道にスキーをしに行きました。サポートしてくれたのは、いつも学校で介助してくれる先生たち三人、父、いつもお風呂に来てもらっている訪問看護師さん、現地の看護師さん二人でした。真冬のため、呼吸器等にホッカイロをつけて参加しました。

以下、感想文です。

北海道でスキーしてきたよ！

平本　歩

一月二十九日〜二月一日まで、修学旅行で北海道ニセコスキー場に行きました。行く前はスキーをするのと呼吸器をつけている佐藤きみよさんに会うのが楽しみでした。私のサポートをしてくれたのは、学校で介助してくれる先生達三人と教頭先生、訪問看護に来てくれている看護師さん一人と現地で参加した看護師さん二人、それとお父さんです。お父さんは来てほしくありませんでした。

一日目。飛行機に乗るのは三回目だったので怖くありませんでした。でも天気が悪くて飛行機が揺れたときはちょっと怖かったです。鏡で下を見ると雲ばかりでした。

新千歳空港に着き、バスで小樽へ行き小樽観光をしました。オルゴール館へ行きました。オルゴール館は小学校一年生のときに行ったことがあるけど、その時のことは思い出せませんでした。小樽の町は雪でいっぱいでした。小樽観光のとき、メッチャ寒かったです。ホテルに着いて部屋へ行ったらメッチャ暑かったです。

二日目。スキー実習をしない友達と一緒に、バスで札幌観光へ行きました。雪による通行止めで、二時間で行けるところを四時間もかかりました。

私は他の友達と別れて、呼吸器をつけている佐藤さんが用意してくれた交流会会場のアサヒビール園へ行きました。佐藤さんと、佐藤さんのパートナーの他に、「自立生活センターさっぽろ」のメンバー六人と、バクバクの会会員の親子とおばあちゃんが、二時間も遅れたのに駆けつけてくれました。北海道で看護師さんを派遣してくれた病院の先生も来てくれました。

佐藤さんは電動車いすに乗っていました。私もいつかは乗ってみたいなと思いました。みんなで学校のことを話しました。佐藤さんに年末に鳥羽で買った真珠のお土産を渡しました。佐藤さんは嬉しそうでした。佐藤さんからはバッグをもらいました。

最後に、みんなで写真を撮りました。佐藤さんは「また来てね」と言いました。

帰りは通行止めが解除になったけど三時間かかりました。往復七時間、乗っている間暇でした。夕食後、クラスのレクレーションでビンゴゲームをしました。そしてお風呂に入りました。シャワーだけだったからお湯に浸かりたかったです。

三日目。午前中にスキーの用意をして、昼前からスキーをしました。用意をしている間は雪が降っていなかったけど、滑りだしたときから雪が降り始めました。気温は－四℃でした。呼吸器からの空気は暖かったです。体も寒くありませんでした。

スキーは、中学校で行った志賀高原より滑る時間も距離も短く、スピードも遅かったからもっとスピードを出してほしかったし何回も滑りたかったです。でも、北海道でスキーができてよかったです。

スキーが終わってお風呂に入りました。お風呂のとき、洗い台にしていた折り畳み式のテーブルの足が折れて怖かったです。幸い、看護師さんの太股で止まって落ちずに済みました。看護師さんの太股に青あざができていました。後は何もなかったので、お土産を買ったりして過ごしました。

四日目。午前中は帰る用意をしました。空港で残りのお土産を買い、島根のおばあちゃんにカニを送りました。伊丹空港では問題なかったけど、新千歳空港ではセキュリティチェックに引っ掛かり、カッターやドライバーが入った道具箱が航空会社預かりとなりました。修学旅行は楽しかったです。終わったらあっという間でした。

高校三年生

この年は大学受験があるため、さらに沢山勉強しました。地元の大学二校を受験しました。しかし不合格でした。

一校は指定校推薦で英語学科を受験しました。しかし不合格でした。そこは面接試験があり、敬語を普段から使用していなかったため、敬語の練習を含めて面接指導を受けました。試験はパソコンで受けました。高校では、デスクトップパソコンからモニタ切替機を経由して私と先生側の二つのケーブルで繋げていました。しかし、試験では高校で使用している環境を持ち込むことは試験の公正の見地から許可されないため、大学側にパソコンを用意してもらい最低限の機材持ち込みで済ませる必要がありました。

試験当日は、メモソフトを使用して面接に臨みました。介助はいつも高校で介助してくれている先生、サクションは父がしてくれました。

そしてもう一校は自己推薦文を書かないといけません。そして筆記試験もありました。

「主張したいアピールポイントは何ですか？」という質問に対して、

人工呼吸器をつけて地域で生きる

と書きました。

次に、「アピールポイントについて具体的な内容・事例を説明してください」という質問に対して、

人工呼吸器をつけている人は、普通は病院や施設にいます。在宅でも家に閉じこもりがちです。私は、そういう生活はしたくありません。友達と遊んだり、学校へ行ったりというあたりまえの生活をしたいです。

私は、生後六カ月のときに人工呼吸器をつけました。四歳のときに退院して、地域の保育園から小、中、高校に通いました。山に登ったり、スキーもしました。新幹線、フェリー、飛行機などいろんな乗り物に乗り旅行もしました。

人工呼吸器をつけていても、どんな障害があっても、周りの人の理解とサポートがあれ

ば、地域の中であたりまえに生活できるし、実際にしてきました。
勉強は、小・中学校のときは手を支えてもらってペンで文字を書いていました。教科書をめくるのも辞書を引くのも、全部周りの人にしてもらわなければなりませんでした。中学校三年生の二学期の半ばから、教科書、参考書、辞書などをパソコンに取り込み、少しずつ自分で勉強できるようになりました。高校では、パソコンで勉強していますが、まだまだ知らないことが多く、あまり成績もよくありませんが、パソコンを使うことで成績も少しずつよくなってきました。大学でも同じようにやっていけると思います。

と書きました。

「入学後、そのアピールポイントをどのように生かしたいですか。あるいは、どのように生かせると思いますか。」という質問に対して、

人工呼吸器をつけていても、どんな障害があっても、周りの人の理解とサポートがあれば、あたりまえに生活し、勉強できることを大学や社会の人たちに知ってもらいたいです。
大学へは、通学時間が短いので、その分、勉強したりいろんな活動に参加できます。そして、英語をしっかり勉強し、外国の人工呼吸器使用者や障害者と交流をしたいし、いろんなと

ころに行ってみたいです。将来、何になるかまだ決めていませんが、親と離れて生活したいです。大学に入ってから、じっくり考えます。英語を使って何かできたらと思います。

と書きましたが、不合格でした。筆記試験とセンター試験は、介助はいつも高校で介助してくれている先生、サクションは父がしてくれました。センター試験も不合格でした。問題用紙と解答用紙をパソコンに取り込んでほしいとセンター試験側に要望したところ、問題用紙を取り込むのは無理だけど解答用紙はOKということになりました。

不合格となったため、浪人することになりました。

文化祭は合唱コンクールでした。歌詞を覚え、心の中でみんなと歌いました。

体育大会はこの年も応援のみでした。

第六章　高校卒業後〜一人暮らしに至るまで
（二〇〇四年〜二〇一一年）

講師をしていた保育園の運動会で

二〇〇四年

浪人したので、大阪の予備校へ一年間通いました。センター入試も一般入試も不合格でした。

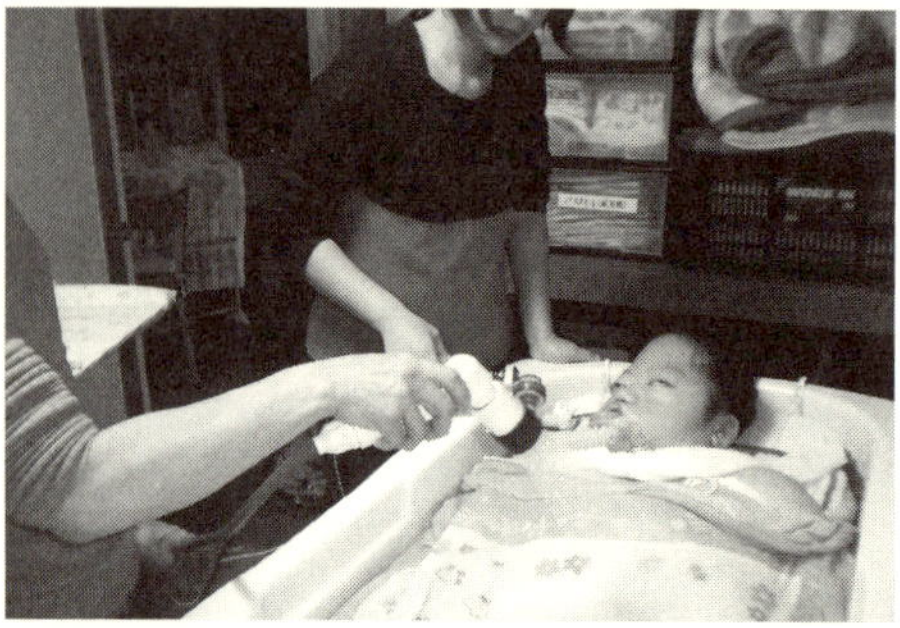

自宅で入浴中

小六から利用している訪問看護に来てもらいつつ、前年から支援費制度でヘルパーを利用していました。その時の時間数は、身体介護 五三時間、移動介護七二時間で、合計一二五時間でした。主に、入浴介助と外出介助をしてもらっていました。ヘルパー事業所に依頼すると、「医療的ケアがあるから無理」とか、「人手不足だから無理」と断られることも度々ありました。この年は親とヘルパーでケアをすることもありました。

以下、この年の日記です。

8月31日

今日、訪問看護師さんがお風呂に入れに来た。汗が出るからはちまきをしていて怖かった。(普段は優しいよ。)もっと怖い人が家族にいる。それはお母さん。「はよ寝なさい」と怒られる。まあしゃあないか。私は、お母さんのことを「鬼」と呼んでいる。

9月19日
美容院へ行き、ストレートパーマを当てた。ほんまは茶髪にしたかったけどね。大学生になったらしようかな。なんか一年って早いなと思う。試験勉強ばかりしてるから。

9月21日
またお父さんが寝ていた。しかも手のスイッチ(私は左右どちらかの手の中指でスイッチを使用しパソコンを操作する)がおかしかったから最悪だった。というのは、スイッチが読み込めていなかった。手のスイッチなしで予備校の授業を受けるしかなかった。

10月14日
予備校の帰り、自宅の最寄駅からバスに乗った。自宅の最寄のバス停で降りたが、そこまで運転がメッチャ荒くて怖かった。今までにも荒い人がいたけど、今日のがメッチャ荒かった。降りるとき、お父さんが「荒かったですね」と運転手に言うと、「急いでますから」とのこと。
帰ってからお父さんが交通局に電話した。そしたら、「ストレッチャーが乗っているので注

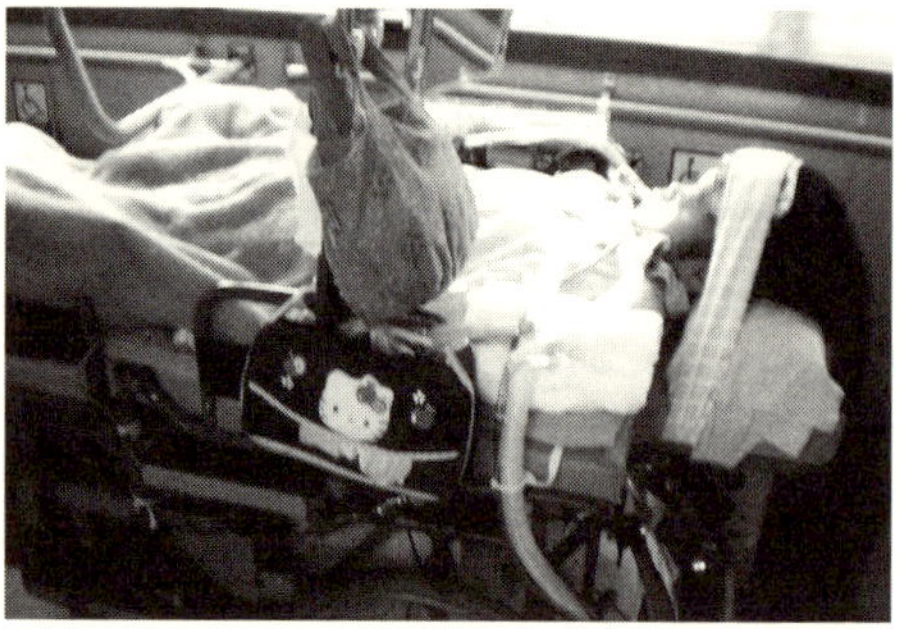

バスに乗車中

意して運転した、と運転手は言っている。今後そういうことがないよう注意した」とのこと。お父さんが、「発車遅れの時間もわずかで乗客も少なかった。急ぐ理由がわからない。車輪止めもせず発車して、注意して運転していたとは思えない」と言い、今後の安全運転をお願いした。目が回りそうだった。そして、バスに置いて行かれそうになったことも言い、今後そういうことがないようお願いした。

10月21日

今日、私がお父さんに「呼吸器のどっかが抜けている」と言った。お父さんが回路をいろいろ調べた。心拍が高かった。苦しかった。回路を変えてみたらよくなった。原因はまだわからない。回路を変えたら心拍が下がった。お父さんが「モニター、正直やな」と言った。

11月3日

今日、御堂筋デモ（支援費制度と介護保険が統合することに反対するデモ）へ行った。初参加だ。扇町から難波までの四kmを三時間半歩いた。車椅子の人たちが沢山いた。千人以上いたらしい。

私はストレッチャーに乗っているからしんどくなかったけど、お父さんは足と腰が痛いと家に帰ってから言っていた。

12月9日
今日、ハウルを見に行った。平日だったから、人があまりいなかった。ハウルの声を聞いたとき、「え、これがキムタクなん!?」と思った。なんかドラマとは違う。スクリーンの近くだったから迫力があった。爆発した音は特にびっくりした。

12月30日
鬼は昨日から年賀状作りをしていた。絵がなかなか決まらなくて今日までかかった。しかもパソコンでしていた。鬼はパソコンのことあまりわからないから、お父さんを何回も呼んでいた。「これ、どうやってするの?」と。あかんな。私なんか絵をさっさと決めて、昨日出したよ。イヒヒヒ。何日かかってたのよ。

二〇〇五年

この年は、いよいよ二〇歳になる年です!!

予備校には通わず自宅で試験勉強をしましたが、不合格でした。

また、ヘルパーだけで入浴や外出が可能になりました！　親や訪問看護の人たちやなのはなの会の人たちがケアしてくれていました。

そんな時、卒園した保育園で私の担任をしてくれた先生が園長となり、私に「保育園でボランティアをしてみないか？」とお誘いを受け、月一回行かせてもらうことになりました。園児たちと遊びました。そしてこのことが契機で、五年後、保育園講師をさせてもらうことになりました！　詳細は後述します。

以下、この年の日記です。

1月7日
今日、耳鼻科へ行くと、知らないおばあさんに「外に出てえらいね」と言われた。別にえらくもないし当たり前のことなのに。

1月22日
鬼がお風呂のとき、背中を洗い忘れそうになった。よくあることなのさ。しっかりしてほしいよ、まったく。としだね。
センター試験、結果はともかく、センター試験を受けたことに成果はあった。それは、センター試験のバリアフリー化が少し進んだこと。家の隣が大学だ。近くて遠い大学だ。合格するのはいつかな?

3月6日
昨日に引き続き鬼が昼寝していた。あかんな。歳やな。訪問看護の人がこの間、「昼寝は一五分でいいのよ」と言った。がしかし、鬼は昨日は三時間、今日は二時間も昼寝していた。来週土曜、お父さんが用事で横浜行くけど、また寝るのかな。ま、私の介護せなあかんから寝るわけないか。

3月11日
今日、今年最後の試験が終わった。ほっとした。後は野となれ山となれ。

ヘルパーさんと電車に乗って外出

6月7日
親なしでヘルパー二人と私で、甲子園の近くにあるショッピングセンターへ行った。そこは、服屋や雑貨屋が多かった。私は花弁の入浴剤を買った。明日、お風呂に入れよう。遅くに行ったから、もっと中を見たかったな。またこのコンビでどこか行きたいな。

7月10日
鬼とお父さんが交代で寝ていた。鬼は朝も寝ていて、晩御飯食べてからも寝ていた。寝過ぎ。まあ歳だしね！
今日、父、母が、風呂のとき、「総会行かずに、夏期講習受けに行くか」と冗談を言った。おいおい、たまには息抜きよ！

7月12日
大学に合格した夢を見た。「やったー」と思った。が、それは夢の中。早く合格しますように！

8月14日
親に「歩は七つの顔を持っている」と言われた。

一、トドの歩（体が重いから）
二、イラチ（大阪弁で「早く早く」の意味）の歩
三、地獄耳の歩（聞こえなくていいことまで聞こうとするから）
四、夜遊びの歩
五、すっぽんの歩（くっついたら離れないから）
六、カメレオンの歩（見えないところまで見えているから）
七、ノー天気な歩（何を言われても動じないから）

二〇〇六年

この年も大学受験をしたけど、不合格でした。

二月に父が体調不良を訴え、かかりつけの診療所で診察を受けたけど診断がつかないため、市内の病院へ行きました。診断名は肝臓癌でした。すぐに入院。

それまでのヘルパー時間数が、身体介護一八〇時間、移動介護一〇〇時間、日常生活支援一二四時間、合計四〇四時間までになっていました。父が急に肝臓癌で倒れ入院したので、急遽時間数を増やしてもらうための交渉をしました。主な介護者がいなくなり緊急事態という

ことを強く訴えた結果、身体介護四五〇時間、移動介護二七七時間、重度訪問介護四七〇時間、通院介助三三時間、合計一二三〇時間が出ました。

その後父が亡くなってからは、この一二三〇時間で多くのヘルパーに支援をしてもらう生活になりました。ただし土日は母がケアをし、夜間は一人体制でした。両親のケア中心の生活からヘルパーの支援による生活に慣れていくのに精神的にとても大変でした。

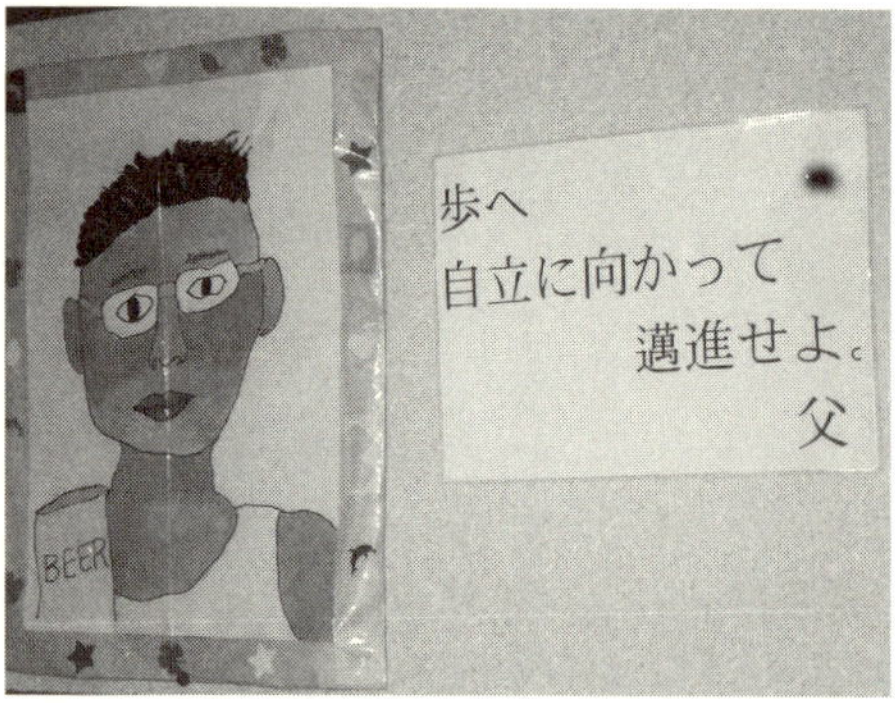

三月に私の二〇歳の誕生日会と在宅一六周年記念パーティーを予定していましたが、父はメッセージのみの参加となりました。そして、この日のために私の二〇年史を作成していたけど、未完成のまま亡くなりました。

最初は市内の病院に入院していたけど、私が四歳まで入院していた病院で治療を受けたいという父の希望で転院しました。父は早く手術を受けて退院して自宅療養したいと考えていたけど、思うように治療が進まず亡くなりました。

本当は沢山お見舞いに行きたかったけど、私はヘルパーの時間数の関係や外出可能なヘルパー不足や時間数が限られていたり、試験勉強をしなければいけないなどという様々な理由で、お見舞いは数回しか行けませんでした。お見舞いに行っても、ヘルパーの時間が限られ、すぐに帰宅しなければならず、父とあまり話せませんでした。母が私を置いて父のお見舞いに行こうとすると、私は不安で泣いたり尿が出にくかったりしました。

父がもう長くないとわかったとき、父は「俺の一大事だから、歩は絶対泊まらなあかん」と言ったので、お風呂に入るために一度帰宅し、また病院に戻りました。父はきっと喜んでいたと思います。亡くなる前、山の歌のCDをかけました。父は家族に遺言を残してくれ、私にも「自立に向かって邁進せよ」という遺言を残してくれました。

葬儀は、なのはなの会の人たちやバクバクの会の人たちなど沢山の人が来てくれました。そして葬儀でも山の歌のCDをかけ、みんなで山の歌を歌いました。亡くなってしばらくは、昔の写真やビデオを見たりして、父と過ごした日々を思い出していました。もう一度父に会いたいと何回も泣きました。母も泣いていました。私は母に「私がついてるから」と励ましました。私のケアは誰がしてくれるだろう、これからどうなるだろうという不安がありました。この年はよく体調不良になることが多かったです。

以下は、私の二十歳の誕生日会と在宅一六周年記念パーティーで報告した二十歳の決意です。

二十歳の決意

平本　歩

昨年の十二月、二十歳になりました。二十歳になった気分は実感できますが、「あー、お酒が飲めるんやな」と思います。

今、私は、大学浪人生で家で勉強しています。家で勉強ばかりしているとストレスがたまるので、週に一、二回はヘルパーさんとショッピングや映画やボウリングや博物館などに出かけています。また、昨年から卒園した保育園にボランティアに行き、子どもたちと遊んでいます。その他に、定期健診や耳鼻科やバクバクの会の集まりに出かけたりと、結構外出しています。

たいていは親なしでヘルパーさんだけで外出しています。車が嫌なので、バスや電車を使っています。私は、できるだけ早く自立生活したいと思っています。そのためには、多くのサポーターが必要です。ヘルパーさんやボランティアの人たちが私のケアができるように、バクバクや痰の吸引などどんどんやってもらっています。しかし人数的にはまだ足りないのでもっともっと増やしていきたいし、また今の制度では、二四時間のサポートは無理だと言われているので、自立生活できるような制度にしていきたいと思います。

私のもう一つの夢は、外国へ行くことや外国の人工呼吸器使用者や障害者と交流を深めたいということです。その夢を実現するために、大学に行きたいです。現実は厳しいけど、夢をあきらめずがんばります。

浪人生活は勉強ばかりで楽しくありません。でも来年には、楽しい大学生活を送っているかもしれません。

また父が三月四日から入院しているので、ちょっとさみしいです。お父さんは入院してものほほんと構えているので、母たちが「お父さんと歩はのほほんとした性格が似ている」と言っているので、私もそう思います。お父さんが入院してもたくさんの人に助けてもらっているので嬉しいです。

本日はお忙しい中、私の誕生日会に来てくださりありがとうございました。これからも末永くおつきあいください。

二〇〇六年三月十九日

すっぽんの歩より

以下は、父が亡くなって半年後に父に宛てた手紙です。

お父さんへ

お父さんが亡くなって今日で半年になるね。亡くなった最初の頃は、とってもさみしかったよ。さみしいから、昔の写真やビデオを見ていたよ。懐かしいなって思った。お父さんともっともっといろんなところに行きたかった。山登りをしたりスキーをしたりしたかったよ。でももうそれができないなんて……。今でも、お父さんがいなくてさみしいよ。

最近私は、ヘルパーさんと料理したり、バクバクの事務所へ手伝いに行ったり、英語の勉強をしたりしているよ。新しいヘルパーさんが次々と来てるから、いろんなことを教えているよ。

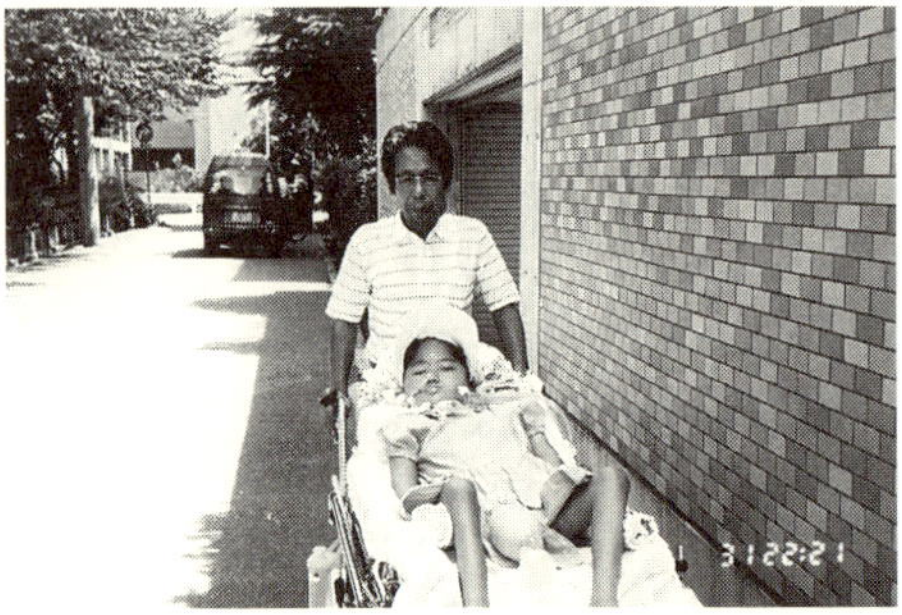

父と保育園に通園していた頃

お父さんの一番の思い出は何？　私は、いろいろありすぎて思いつかないけど、やっぱりお父さんと学校に行ったことかな。雨が降ろうが雪が降ろうが、一緒に学校に行ったよね。つらいときも学校に行ったよね。それから旅行も行ったよね。北海道も沖縄も行ったよね。厳冬期の北海道でスキーもしたよね。真冬の北海道でスキーができて本当によかった。滑るスピードが遅かったけど……。

私はもうすぐ二一歳になるよ。これからヘルパーさんとぼちぼちやっていくね。だからお父さん、天国で見守っていてね。頼むよ。

歩より

お父さん、私の生活を支えてくれてありがとう！　今も楽しく元気に生活をしているよ！

二〇〇七年

前年の十一月に突然NGチューブが入らなくなり、胃ろうの手術をするために一週間入院しました。しかし、入院中はヘルパー制度が利用できません。

そこで、尼崎市障害福祉課に要望書を提出し交渉しました。その回答は、「障害者自立支援法では、居宅におけるサービスなので病院では使えないということと、コミュニケーションを含めて医療機関の業務だからヘルパーは使えないという二つの理由で、入院中はヘルパー派遣ができない」というものでした。しかし私が頑張って交渉したことで、二〇〇八年四月一日から尼崎市では入院中のコミュニケーション支援としてヘルパー派遣が認められました。

しかし一日一〇時間一〇日間しか使えないという問題もあります。入院中はヘルパーはボランティアで来てもらいました。胃ろうの手術をしたときの感想文は後程掲載します。

この年から、色々な所で講演活動をするようになりました。

四月から市内の大学の英会話講座に通い始め、以後三年間通いました。

六月に父の追悼集会を開催しました。なのはなの会の人たちやバクバクの会の人たちや父の友人たちなどが集まり、父との思い出を語り合いました。

毎年バクバクの会の総会を各地で開催しますが、前年に父が亡くなり追悼の意味も兼ねて大阪で開催しました。

原稿の取り立てが厳しいということで、八月からバクバクの会の会報誌の編集長をすることになりました。メールや電話で原稿依頼をしたり原稿の催促をしたりしています。

十月にNHKの福祉番組「きらっといきる」に出演しました。日常生活や外出シーンを取材されました。難しいインタビューをされたけど、何とか答えられました。スタジオへ行き、色々インタビューされ緊張しました。

以下は、胃ろうの手術をしたときの感想文です。

胃ろうをしてみて

私は、二月十五日〜二十一日まで胃ろうの手術で入院しました。昨年の十一月に突然NGチューブが入らなくなりました。親やヘルパーさんなら私の顔色を見ながら入れますが、医者は強引に入れるからメッチャ痛かったです。もうこんな痛い思いはしたくないと思い、胃ろうをしたいと思いました。

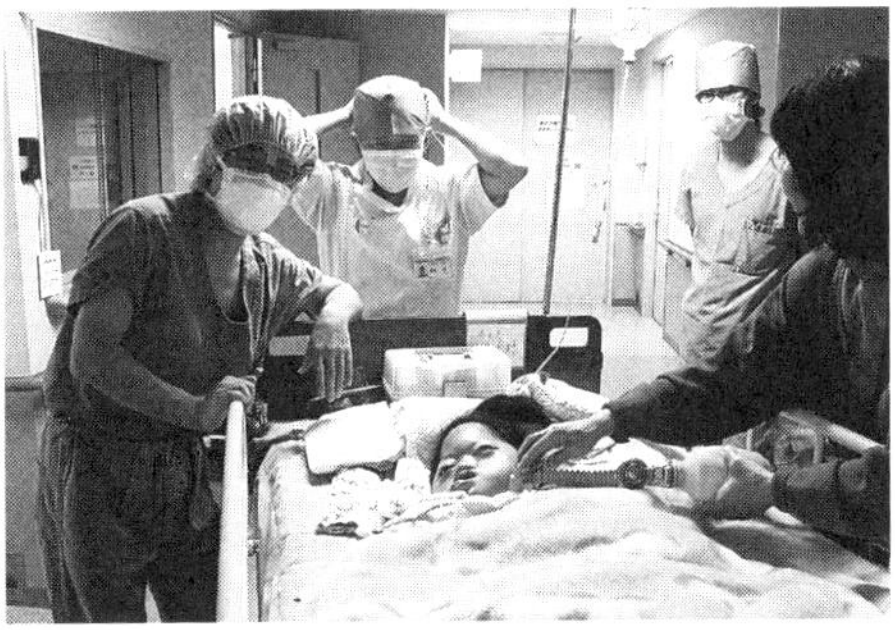

手術は怖いしどうしようかなと思いました。いろいろ迷ったけど、胃ろうをすることにしました。

胃ろうの手術は三時間かかりました。全身麻酔でしました。手術が始まる前、カニューレからリーク（空気漏れ）があり、先生たちが「カフつきカニューレにしよう」という話をしているのが聞こえました。まだ麻酔をしていなかったので、私は「嫌」という合図をしました。手術中、麻酔科の先生がずっと回路を押さえていたそうです。そして麻酔がかけられ、いつの間にか眠っていました。

手術が終わり目が覚めたら、カフつきカニューレに変わっていました。お腹の痛みもあったけど、カニューレの違和感もありました。違和感があったので、手術室から怒って出て来ました。

NGチューブだと栄養剤の温度や速さがわかったけど、胃ろうだとわからなくなりました。

入院中はDVDを見たりお見舞いの人が来てくれたりしました。

胃ろうは全く問題ないけど、カフつきカニューレが痛いです。特に、バクバクをするときや呼吸器を外すときが痛いです。また、違う種類のカニューレも試そうと思います。家に帰ってもまだ慣れません。

※この後、カフなしカニューレに戻しました。

以下は、この年の日記です。

10月6日
「きらっといきる」のスタジオ収録に行った。緊張したけど、意外とうまく話せた。司会の人に「お父さんとヘルパーさん、どちらが怖いですか?」と聞かれた。「ヘルパーさんが怖いです」と答えた。スタジオ収録は初めてだった。カメラが何台もあったからびっくりした。あんなにカメラが何台もあるとは思わなかった。

10月21日

地域の文化祭でピアニカ演奏をした。全く緊張しなかった。できはまあまあだった。いろんな人に見に来るように言ったから、みんな見に来てくれた。なのはなの会の人が、私のピアニカに合わせて、「世界に一つだけの花」を歌ってくれたからよかった。文化祭でピアニカ演奏をしたのは初めてだった。また来年もしたいな。

10月27日
みんなで私が出ている「きらっといきる」を見た。お父さんとの場面は泣きそうになった。お父さんはきっと、「何で、歩、この番組に出てるんやろ？」と思ってるかもしれない。「普段のわがままさが出てないから不満」という感想があった。まあええやん。テレビに出るときはちと緊張するねん。次は、いつテレビ出演できるかしらん⁉

12月27日
知り合いの人たちと私の誕生日会をした。ヘルパーさんとピアニカ演奏をした。賑やかだった。私は賑やかなのが大好きだ。二二歳の目標は、彼氏を作ってデートすること。実現できるかな。

二〇〇八年

六月に大阪の舞洲で父の追悼バーベキューをし、沢山の人たちが来てくれました。

以下、この年の日記です。

1月15日
保育園にボランティアへ行った。ヘルパーさんとピアニカ演奏をした。まさか保育園でピアニカ演奏をするとは思わなかった。キラキラ星、アンパンマンなどを弾いた。手が冷たかったから、いつものように手に力が入らなかった。でもまあまあいけてよかった。またどこかで弾きたい。

2月20日
英会話のバスの帰り、知らないおばあさんに声をかけられた。その時、男のヘルパーさんと女のヘルパーさんだったから、「親子ですか?」と聞かれた。私が「私、何歳に見えますか?」と聞いたら、「四、五〇歳かな」とのこと。ちょっとショック。じゃあヘルパーさんは何歳やねん。その時、私は「二二歳です」と答えた。
その後、おばあさんが聞いたことは、「介護保険使ってるんですか？」「老人ホーム行ってるんですか？」だった。だから、私は二二歳だってば。

2月3日
バクバク関西支部の新年会に行った。温泉チームとボウリングチームに分かれた。私はボーリングチームだ。あまりスコアが出なかったからいまいちな結果だった。いつもならスコアが出るけど……。母は風邪気味だったにもかかわらず、温泉に入った。あかんな。湯冷めするに決まってるやん。

3月18日
私は、月二回、近くの診療所から往診に来てもらっている。先生が来て、いきなり「今日は採血するでー」と言われた。私は最初冗談かと思ったが、ほんまに採血の用意をしだした。心拍一四〇まで上がった。
採血中、私はすごい顔をしていたらしい。注射大嫌い。

6月1日

父の追悼バーベキューをした。五〇人くらい来ていた。メッチャ暑かった。なのはなの会のメンバーも来ていた。きっと父も喜んでいたと思う。来年もしようかな。

二〇〇九年

この年は、バクバクの会が独立行政法人福祉医療機構「長寿・子育て・障害者基金」助成事業（高齢者・障害者福祉基金・特別分）に採択され、「地域で暮らすための医療的ケア研修事業」を、六月に東京、九月に仙台、十月に福岡へ行き、私と友人二人合計三人が講演し、現地の人たちに医療的ケア研修を受けてもらいました。この研修事業は、地域で当たり前に暮らすための医療的ケアの普及と医療的ケアを行える人材の育成、医療的ケアを含めた地域生活を支援する人材や事業所の拡大を目的に企画・開催したものです。

東京へ行く直前、私は風邪を引き入院してしまいましたが、何とか回復し、無事東京へ行けました。

研修を受けた人たちの感想は、「生の声が聞けてよかった」、「とても前向きで強気で明るいのが素晴らしい」などがありました。

二〇一〇年

この年は、私が在宅して二〇年が経過したので記念パーティーを開催しました。なのはなの会の人たちやバクバクの会の人たち、私のところに来てくれているヘルパーたちなど、沢山の人たちが来てくれました。知人がマジックショーをしてくれたり私がピアニカ演奏をしたりしました。

保育園講師となって

この年の四月から六年間、卒園した保育園に講師として行きました。前年から働きたいと思っていました。ハローワークへ行くことだけはわかっていたけど、実際何の職業に就いたらいいかわかりませんでした。母やヘルパーからは、「歩、就職どないするん？　また今年もプー太郎するんか？」と言われていました。

五年間、卒園した保育園にボランティアで行っていて私にも何かできないかなと思い、思い切って園長先生に「働かせて下さい」とメールでお願いしました。

「卒園した歩さんが働きに来るのは嬉しい。園長会議にかけてみるから一カ月程待ってね」と言われました。結果を待っている一カ月間、働けなかったらどうしようと不安になりましたが、自分が保育士さんたちと働いている夢を何回か見ました。正夢になるといいなと思いました。

結果がわかるまで母に内緒にしていました。内緒にしていたので結果がわかったとき、母に怒られないかと心配しました。結果がメールで来て働けるとわかり、最初は実感が湧かなかったけど少ししてからとても嬉しいと思いました。母は嬉し涙を流していました。

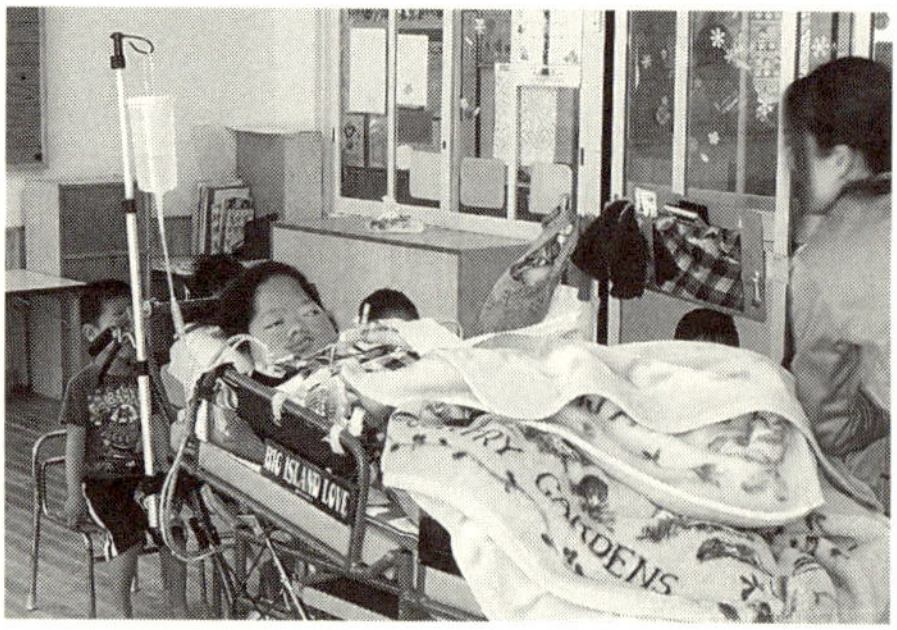

最初の頃、毎年言われることですが、園児たちから「歩お姉さんって死んでいるの？」と聞かれショックだったけど、手を動かして、「死んでないよ。ちゃんと手動いてるでしょ」と言うと、園児たちは「ふ〜ん、そうなんや」と納得したようなしてないような顔をしていました。私がいるのが当たり前になったのか、今ではそんなことは言ってこなくなりました。

そういうことがあったので、四月の自己紹介時に「お姉さんは死んでいないし寝ていないよ」と、必ず言っていました。そして、卒園児が時々道で私を見つけると、「歩お姉さん」と声をかけてくれます。

しかし時々、街で保育園以外の子に「あの人死んでいるの？」と言われることもあります。

一年間、どんなことをしたかをいくつか紹介します。普段は、主に三歳～六歳の幼児クラスの園児たちと関わっていました。

鬼ごっこのとき。「歩お姉さんは走れないから、歩いたほうがいいと思う」と、園児たちが遊び方を工夫してくれました。

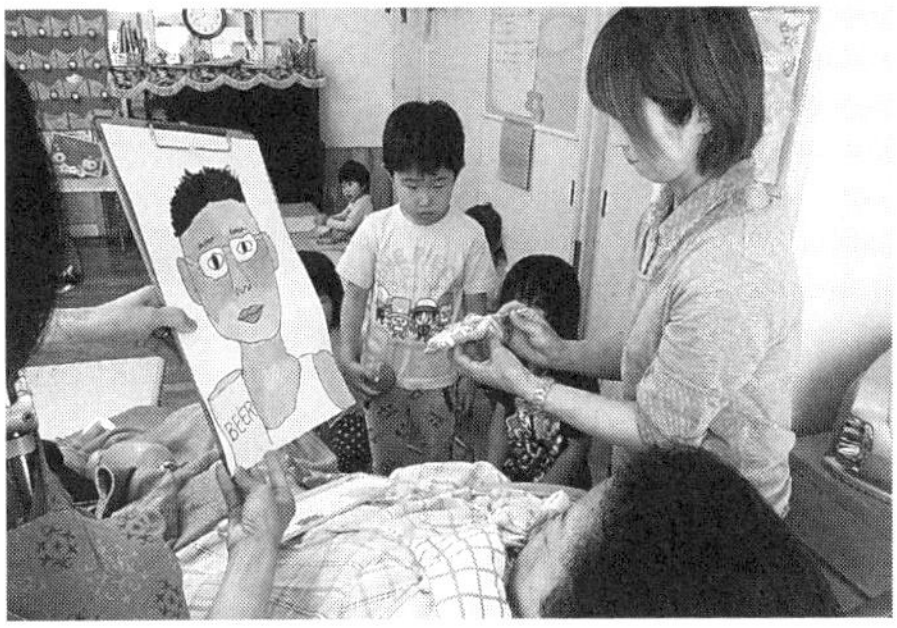

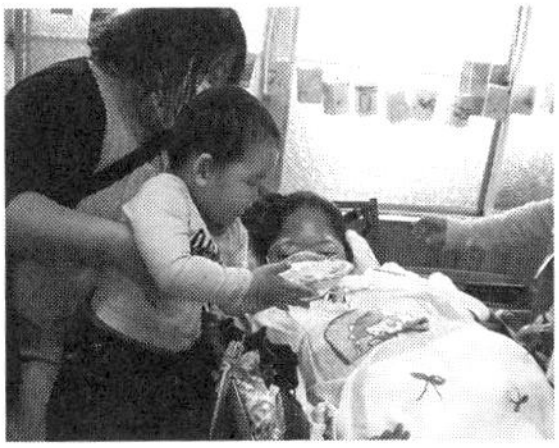

1, 2歳児と交流

その他にも、園児たちと一緒に父の日のために父の絵を描く日がありました。私がどんなふうに絵を描くかというと、ヘルパーに手を持ってもらって私がわずかに手を動かして、ペンや絵の具で描きます。園児たちは絵を見て、「上手やな」、「うわ、下手くそ」、「気持ち悪い」と意見は色々です。でも、私的には上手に描けたのになと思います。

たまに、一、二歳児と関わることがありました。一、二歳児と最初関わったとき、何を話していいかわかりませんでした。私のストレッチャーに乗せてあげたり遠足へ行ったりしました。ストレッチャーに乗ると、怖がっている子もいれば全く平気な子もいて色々な園児がいるんだなと思いました。

設備面でもより働きやすいように相談しました。最初の頃、玄関に段差があるので園庭から部屋に入っていました。雨の日はタイヤが濡れて部屋がベチャベチャになるし、帰りはお昼寝をしている園児の部屋を通って帰らないといけませんでした。その時はお昼寝をしている園児をのけてそこを通って帰っていました。

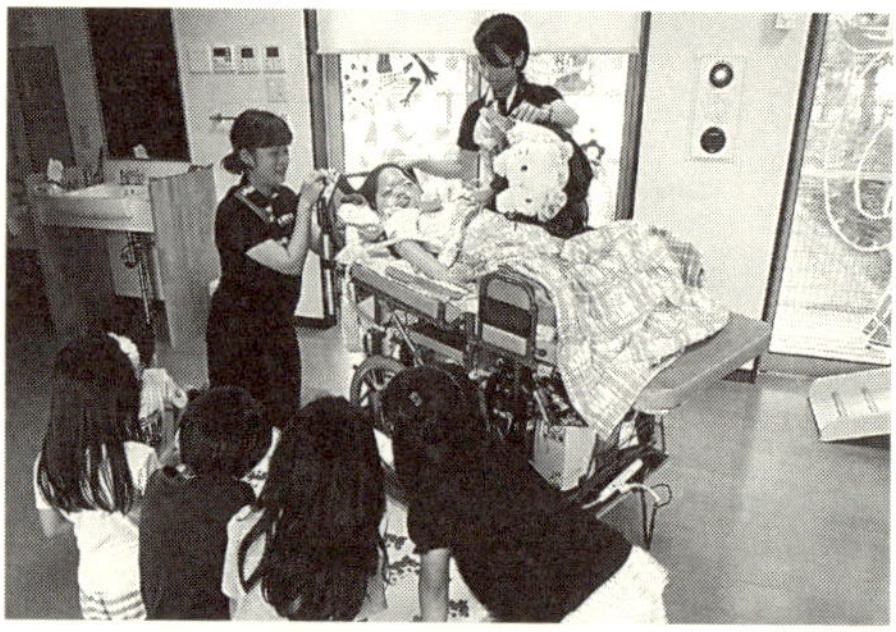

園児たちとトランプで遊んでいます！

しかし、それではお昼寝をしている園児を起こしてしまうので、園長先生に「玄関から出入りできるようにスロープを作って下さい」とメールでお願いしました。それからしばらくして、スロープができてお昼寝をしている園児を起こさなくていいようになりました。スロープができて嬉しかったし要望に応えてくれて有り難かったです。

次に、保育園での過ごし方を紹介します。

朝十時に保育園へ行き、園児たちがしていることを見守ります。例えば春はお花見、夏はプール、秋は運動会の練習、冬はマラソン大会の練習を見守ります。春のお花見では、桜の木の下で園児たちと給食を食べました。秋の運動会では、夜寝ているときヘルパーを呼ぶためにつけているピコピコ鳴る装置で、ゲームのスタートの合図をしました。ちゃんとできるか不安だったけど何とかできたのでよかったです。年数を重ねていくうちに合図をするタイミングもわかるようになりました。

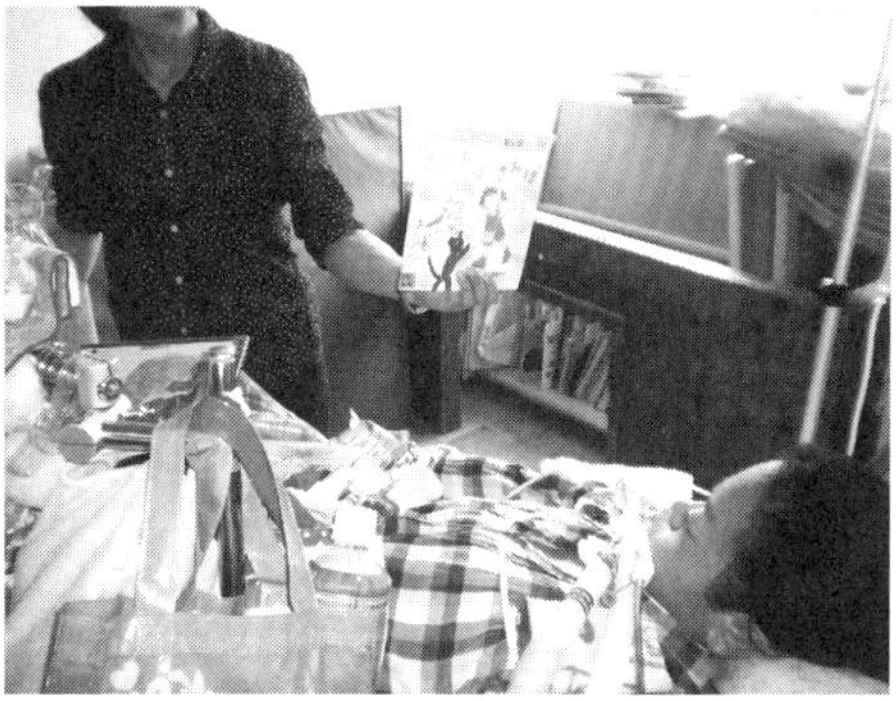

日常では、給食のとき、園児たちに「お姉さんはどうやって御飯食べるの？」と聞かれることもありました。給食後は、お昼寝前に読む絵本を選びます。これならできるかなと考え、保育園に提案しました。

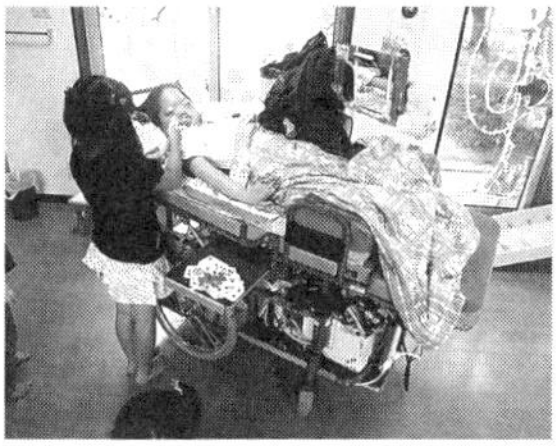

園児に唾を取ってもらっています

日によって、「楽しかった」、「つまんない」と言われることもありました。その後、給食の献立を書き写したり歌の歌詞を書いたりして十五時には帰ります。

　私は唾が飲み込めないので、吸引器で唾を取ってくれる園児

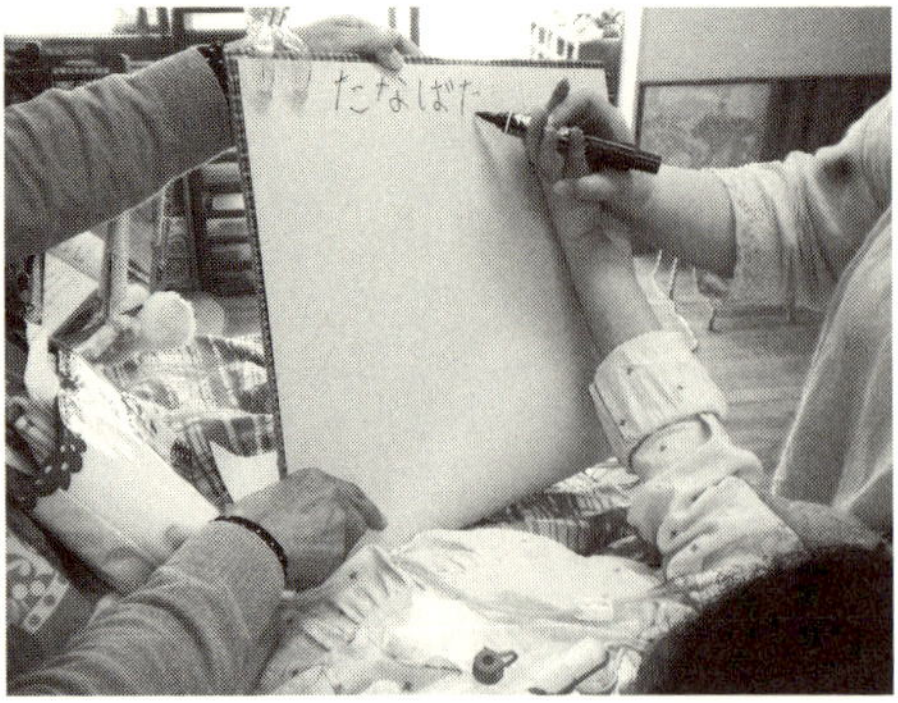

歌詞を書いています

や私に話しかけてくれる園児が沢山います。

「歩お姉さんって、声が出ないのにどうやってお話するの？」と園児が聞くので、私は「文字盤でお話するんやで」と答えます。ヘルパーがしているのを見て、中には、「私もやりたい！」と文字盤をしてくれる園児もいます。私が舌を動かして「文字盤して」と言っていると、ヘルパーより先に園児たちが、「やってって言うてるで」と教えてくれます。

そして、また、ある園児は、私が何も教えていないのに私の「はい」と「いいえ」がわかります。それがわかると、「うさぎ好き？」「ミッキー好き？」などなど、色々なことを質問してきます。因みに、私の「はい」は舌を動かし、「いいえ」は眉間にしわを寄せます。文字盤にしても唾にしてもサインにしても、一緒にいても教えたわけじゃないのに、自然と気づいてもらえるようになりました。

六年間保育園へ行き、私は子どもって観察力がすごいなと思いました。文字盤や唾を取ってくれて嬉しいです。サインについては、わかってもらえてとても驚いたし嬉しかったです。

日本全国　まいど！　医療的ケア

バクバクの会では、三菱財団の助成を受け、二〇一〇年十二月から二〇一一年九月にかけて、北は秋田県から、南は沖縄県まで、全国一〇カ所で、「日本全国　まいど！　医療的ケア」研修会を開催しました。私は広島と福岡へ行きました。

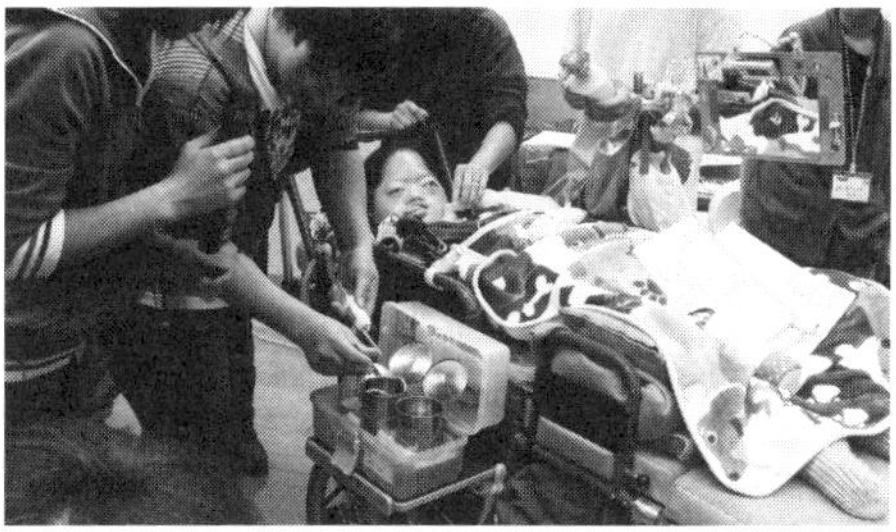

医療的ケアの研修で痰の吸引の実習中！ ©合田享史

スムーズに出たヘルパー時間数

母は体調不良が続き病院に通うことが多くなり、夜間の時間数や土日の時間数も増やしてほしい、二四時間三六五日二人体制にしてほしいと要望しに行きました。それで、全て重度訪問介護で一四八八時間出ました。

最初から二人体制を申請していたし、人工呼吸器をつけていることも言っていたので申請通りの時間数が出ました。これだけの時間数が支給されたのは日本一ではないかと思います。地域によっては、時間数がなかなか出なくて市役所と交渉している友人もいます。他の自治体でもどこに住んでいても、必要な時間数が出せるようになってほしいです。私のことが参考になれば嬉しいです。

二〇一一年

この年は一人暮らしをした年です。一人暮らしするために、五月に実家の近くにある市営住宅を申し込みました。しかしそこは単身不可でした。

申し込みのときに、住宅管理センターにヘルパーが常時二人いるから三人で生活すること、物品や医療器具等の写真を撮影して、これだけ物がいることを説明したら受け付けてくれましたが、結局抽選が外れ残念な結果になってしまいました。

でもめげずに、六月下旬から家探しを始めました。四つの不動産屋を回りました。四軒家を見に行きました。家を見に行く前も私がネットで探したり、不動産屋が何十軒も電話して探してくれたり、ここの家がいいなと思っていても、障害者だからと大家さんに断られたり、大家さんがいいよと言ってくれても、見に行ってみると間口が狭かったり……と、家探しは簡単ではありませんでしたが、運良く二週間程で私の条件に合う家が見つかり、八月二十七日から一人暮らしをしています。

2DKだけど広いです。共用廊下の玄関には三段の階段があるので、外出の度にスロープを設置しています。

一人暮らしに向けて、カーテンや電化製品や押し入れ収納グッズ等を買い、知らなかったことがあり驚きました。洗剤やちりとりを初めて見たり、ガスや電気は連絡しないと開通してくれないということを知りませんでした。私は、家事や掃除の仕方など何も知りません。なので、ヘルパーがいなかったら、とても汚い部屋になっていたと思います。

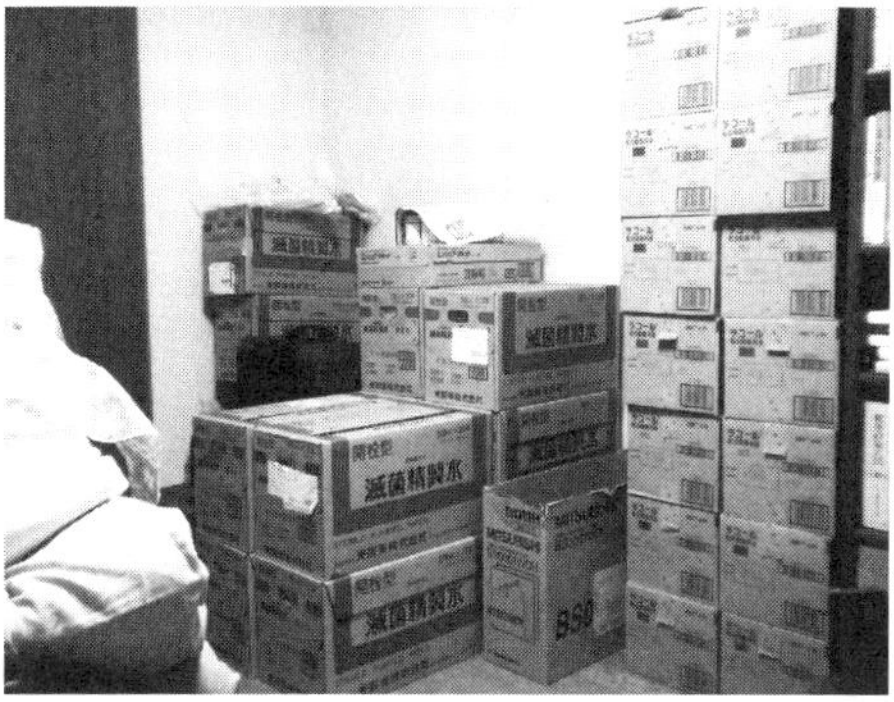

そして、私もヘルパーもとんちんかんだから、新居の名前を「とんちん館」にしました。私的には、「ウフフハウス」、「ほな！ハウス」、「プリティーハウス」などがよかったのですが、私に合わないということでみんなに却下されました。友人のヘルパーにつけてもらいました。

とんちん館には、友人や以前来てくれていたボランティアの人たちが遊びに来てくれ、「いい部屋やね」、「かわいい部屋やね」などと言ってくれます。

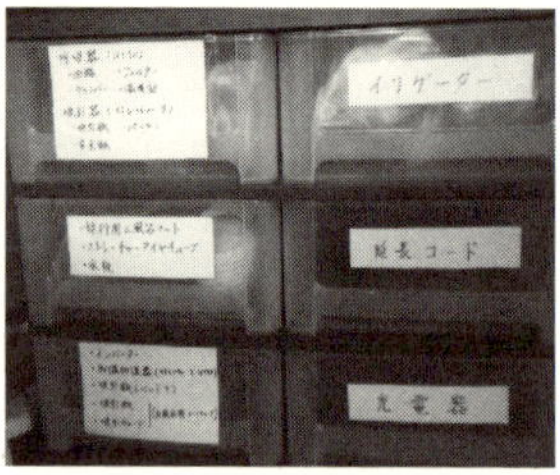

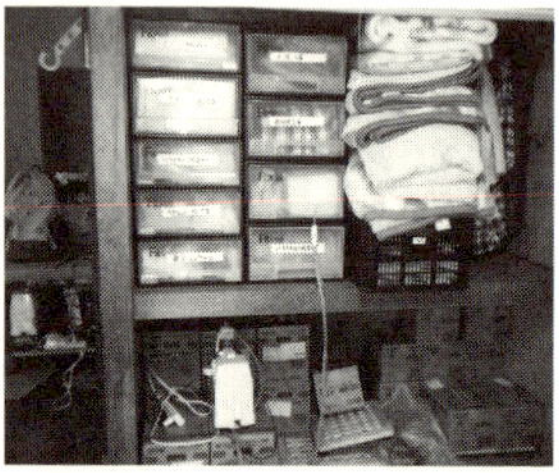

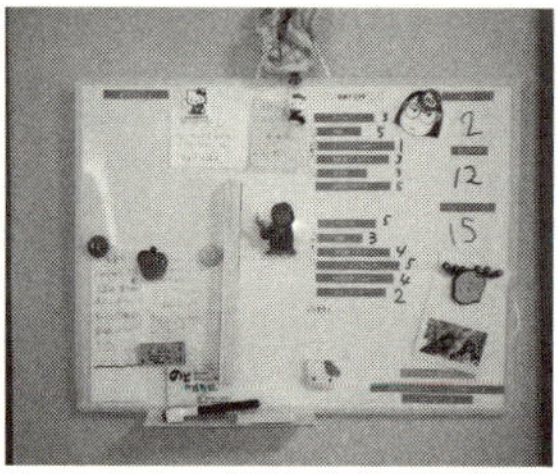

当たり前のことですが、一人暮らしは、自分で考えて判断しないといけないことが沢山あるんだなと思いました。一人で決められないことは、ヘルパーと一緒に決めています。一人暮らしをして少ししてから、私は初めて風邪を引いてしまいました。その前に耳や体にできものができていました。私はできものができた後、熱が出やすいということがこの頃からわかってきたので外出を控えていました。にもかかわらず、風邪を引きやはり熱が出てしまいました。この時は、入浴を一週間控えたり、病院へ行ったり……と、ほぼ母に頼らず自分で風邪を治しました。

実家にいた頃は親が全て私の体調管理をしてくれていたのですが、一人暮らししたら自分で全て体調管理をしないといけないなと思っていました。一人暮らしするまではしんどくても入浴したりしていましたが、無理して入浴して体調不良になると仕事を休まないといけなくなり、職場に迷惑をかけるし遊びに行くという楽しみがなくなるため、自己管理をするようになってからは、あまり体調を崩さなくなりました。

実家にいたときは、収納を開ける度にヘルパーさんにパッドやおしりふきの数を聞いていましたが、一人暮らしをするようになってホワイトボードに数を書いて、在庫確認を自分でするようになりました。また、呼吸器関係の物品も同様にしています。

第七章　現在の生活

（二〇一二年～）

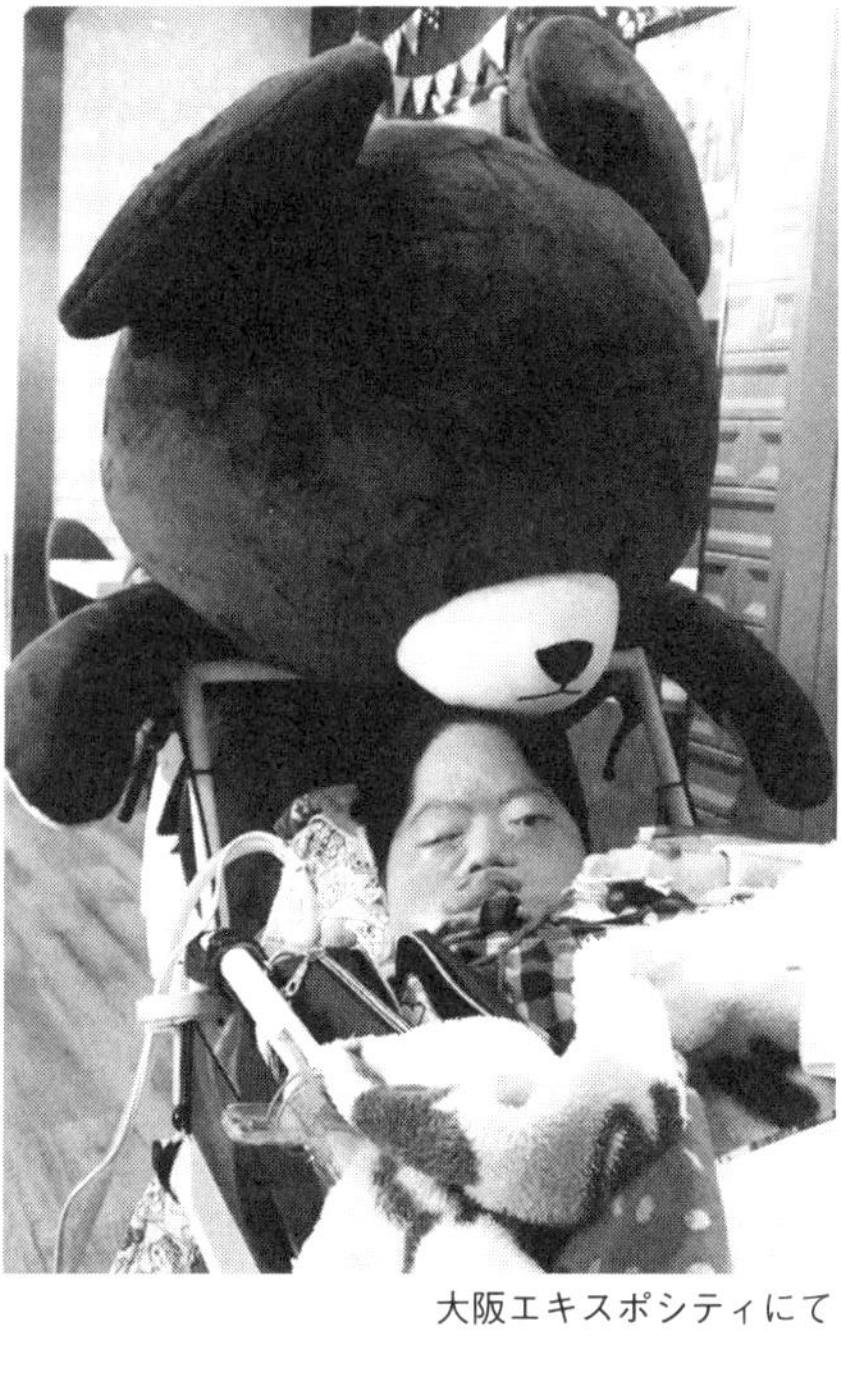

大阪エキスポシティにて

二〇一二年

この年も体調不良になることが多く、私を心配して頻繁に母が自宅に来ては色々口出しされ、本当に嫌でした。

二月にＮＨＫの福祉番組のオープニングの撮影へ行きました。

十月に栃木県に講演旅行へ行ったとき、集会中なのに「昼御飯をしたい」と私が言ったためヘルパーに怒られたり、「一息ついてからお風呂しようね」とヘルパーに言われたのに、私が「はよお風呂しよう」と言ってヘルパーに怒られ、ヘルパーに「自分勝手なことばかり言わないで」と説教され、反省しました。

翌月に、幼少時から呼吸器をつけている友人が亡くなりました。友人はやりたいことがあったのに、できないまま亡くなってしまったので、「これからはやりたいことをやるぞ！」と心に決めました。

同じ月に、名古屋に講演旅行へ行ったとき、栄養剤を忘れ、名古屋の友人に借りました。こんなのは初めてです。

以下、この年の日記です。

1月1日（日）
二〇一二年が始まった。今年はどんな年になるかな。

1月2日（月）
実家へ行く予定だったけど、体調が悪くて行けなかった。残念。

1月3日（火）
「いぬのおまわりさん」というドラマを見た。ヒロインががんになって、夫と子供がいるというストーリーだった。最後はヒロイン亡くなったけど、私は夫と子供をおいて死にたくないなって思った。カップルっていいなって改めて思った。私も、早く結婚したいな。

1月6日（金）

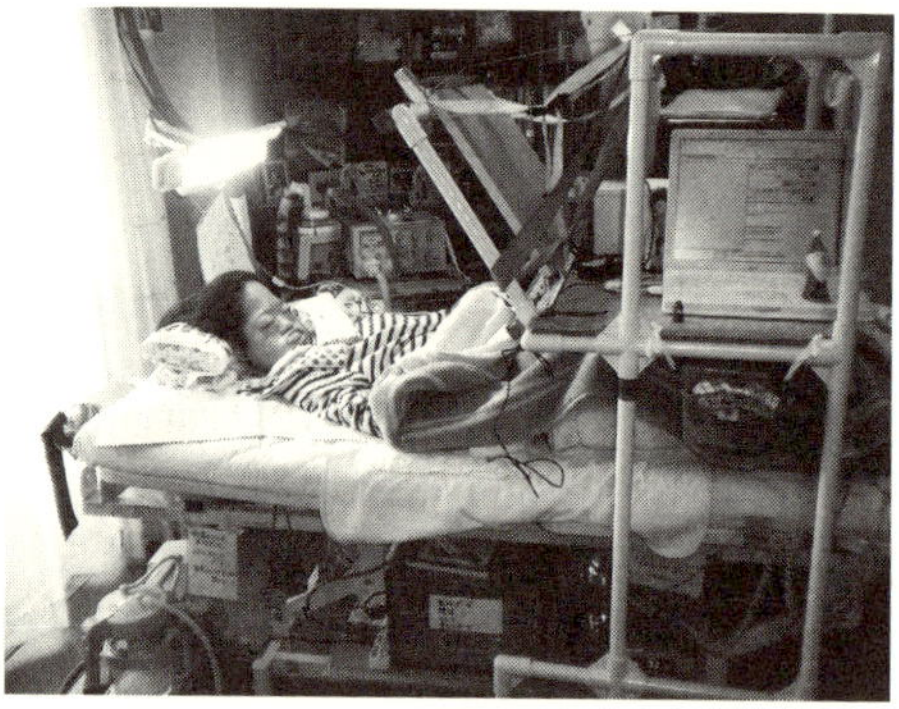

昨夜、生理痛と痰がたまっていたため、あまり寝れなかった。最悪。

母に日記を見せたら、「歩が毎日日記を書いてるなんてすごい！」とほめられ、嬉しかった。

診療所へ行った。気をつけてたのにな。十日の保育園までには、ぜ〜ったい治すぞ!!

1月7日（土）

昼寝をした。体調悪いから仕方ないよね。

1月8日（日）

「花嫁の父」というドラマを見た。ヒロインは新潟の人で耳が聞こえなくて、東京の人と結婚するというストーリーだった。私はこれを見て、早く結婚したいなって思った。

1月9日（月）

便利帳の印刷ができた。後は、みんなに見てもらうだけだ。

1月10日（火）
吸引器が壊れ、足踏み吸引器を使ったが吸引力が弱いため、痰があまり吸えなかった。苦しくなったため、昼過ぎに保育園を早退した。夜、急に痰が多くなり苦しかった。

1月11日（水）
今朝から胸がメッチャ痛くなったため、診療所へ行った。レントゲンを撮ったら、前回よりきれいだったとのこと。その後点滴をしたがうまくいかないため、何回も失敗した。痛かった。帰宅後もメッチャ胸が痛いため、ヘルパーTさんに「胸痛いよ。辛いよ〜」と言った。「代わってあげられへんからな。辛いな」と。岳志に言ったら、「お前寝とけ。寝たら治るわ。アハハハ」と軽く言われそう。でも、岳志もきっと心配してるねんな。Tさんはやっぱり優しいな。だって、寝られないくらい辛かったもん。

1月12日（木）
Y病院へ行った。採血結果、特に異常なし。点滴もした。やっぱり、先生は採血うまいし優しいから好き。普通の人は鼻やのどからの風邪だけど、私の場合、風邪＝気管支炎とのこと。しんどさは昨日よりましし。とにかく体調がおかしいと思ったら、病院へ行こう。

1月13日（金）

明け方から、熱が上がってきた。ヘルパーSさんに「また横いて」と言ったら、「横おるやん」と言ってくれた。私が何も言わなくても横にいてくれたんや。Sさん、優しい。家の呼吸器では息苦しかったため、外用の呼吸器に換えた。換えたら楽になった。夜、三八・六℃まで上がり、しんどかった。ヘルパーYさんにも「横いて」と言ったら、「嫌」と言われた。やっぱ、Yさんこわっ。でも私のこと心配してくれたから優しい。

1月15日（日）

外国に物々交換をしに行くというテレビを見た。外国へ行ってみたいけど、現地で体調不良になったらどうしようとか熱が出たらどうしようとか、いろいろなことを考えてしまった。ま、なったらなったでその時考えたらいいか。行くとしたら、暑さ寒さの関係ないハワイへ行きたいな。寒いの苦手やし、暑いのも耐えられないから。

1月23日（月）

久々に、保育園へ行った。音楽の時、「やきいもグッチッパ（焼き芋を食べてじゃんけんする手遊び）」をした。やっぱメッチャ盛り上がった。すごいな。その後、左胸が苦しくなった。バクバクに換えたら、すぐ楽になった。卒園文集に掲載する文章を早急に書いてほしいと、保育園から頼まれた。「え〜、富山の原稿も書かなあかんし、講演の原稿も書かなあかんし、痰の吸引の話し合いについての報告も書かなあかんのに、どうしよう」と、心の中でパニクった。仕事なので断れないと思い、「あ、はい、書きます」と言った。風邪が治ったら、やたらすることあるな。

1月28日（土）
掃除機を買いに行った。まあまあ高かった。長く持つといいな♪
まず体調管理せなあかんな。

2月2日（木）
高校のときの介助の先生から、数年ぶりにメールが来た。何回もメール送ってるのに返事がないから、半分諦めてた。けど、メール来たから、メッチャ嬉しかった。当時、先生は、私のことを「平本さん」と呼んでいた。最初、そういう言い方に慣れていなかったから違和感があったけど、毎日会ってそう呼ばれたら慣れた。「平本さんのこと、もちろん覚えてるよ。一人暮らしすごいね」とのこと。ヤッター！　覚えてくれてる。今日は、ちょっとハッピーな日だった。

2月3日（金）

保育園へ行った。豆まきをした。昔、こういうのをやったなって思った。味噌作りをした。見ていると、「うわっ、まずそう」と思いつつ、こんなこと言ってはいけないと思い、帰るまで言わなかった。何回も言いそうになったが……。やっと絵本が完成した。姪に渡そう。

2月4日（土）

今日は、眼科、ココエ、西松屋へ行った。寒かった。

高校のときの介助の先生から、またメールが来ていた。面接練習に付き合ってくれたり、二人でいろいろ話したことなど、思い出がいっぱいだ。今でも覚えている敬語は、「おっしゃってください」。いっぱい面接練習したよなって、今でも思い出す。USJのバックドラフトは、私が怖がっていて、心拍がとても上がったのが忘れられないとのこと（高三の遠足がUSJだったため）。全く覚えてない。

2月6日（月）

保育園へ行った。園児に「お姉さん、かわいい！」と言われた。ラッキー！

風呂後、ヘルパーYさんに「歩、マツコデラックスに似てる。アハハハ！」と言われた。最悪。私、また男じゃん。私、かわいいのに。Yさん、ひどすぎる～!!

2月8日（水）

交通のことについて講演をしに、堺へ行った。堺は寒かった。講演前、パワーポイントがうまく開かず慌てたが、何とか講演が終わってよかった。

2月13日（月）

保育園へ行った。園児とすごろくをした。私を時々抜かされたが、何回もやっていくうちに「次、歩お姉さんの番やで」と言ってくれるようになった。嬉しかった。

今朝、ヘルパーHさんに「やまんばになってるよ」と言われた（髪の毛が爆発していたため）。えー、美容院へ行ってないから、仕方ないよね。入浴中、ヘルパーYさんに「歩、カニ子デラックスや！　アハハハ！」と言われた（つばがカニみたいになっていたため）。

2月16日（木）

保育園へ行った。たまにしかない一、二歳児との交流だったため、また園児に「何で死んだの？」「寝てるの？」と聞かれた。いやいや、生きてますから。「目開いてるやん」と言ったけど、わかってもらえたかな？

2月17日（金）

医療的ケア連絡協議会定例会へ行った。行く前、箕面のユニクロでフリースを買った。温かい服がまた増えたぞ。そして会議。みんな、（障害者自立支援法による介護給付の）時間数のことや学校のことで悩んでいた。みんな、いろいろ悩んでるんやなって思った。
帰宅したら、知り合いの人経由で、ＮＨＫの人から「合コンしてみないか？」とメールが来ていた。うーん、時間的に厳しいから無理か。結局断った。行きたかったな。

2月19日（日）
美容院へ行った。これで、やまんばと言われなくなる。ラッキー。薬局の前で、通りすがりの人に「うわ、お人形さんかと思ったわ」と言われた。その前に、「はよ行こう」とヘルパーさんに言った。ていうか、しゃべるお人形さんなんか、いるわけないやろ。
帰宅したら、知り合いの人経由で、ＮＨＫの人から「バリバラ（福祉番組）のイメージキャラクターになってくれないか？」という内容のメールが来ていた。ちょっと迷ったけど引き受けた。ポニーテールして、かわいい服着て行こうっと。

2月29日（木）
保育園へ行った。みんな、卒園式の練習を頑張ってやっていた。もうすぐ卒園式やねんなって思った。朝はヘルパーＦさんが寝そうになったのを園児に指摘され、昼は昼で別の園児が「起きろ、起きろ～！」とタンバリンで、Ｆさんを起こしていた。ていうか、仕事中に寝たらあかんやろ。タンバリンで起こされるＦさんって……。

2月24日（金）

写真撮影をしに行った。「てかりがすごいから直しますね」と二回も直された。電車の中で脂とり紙を持って行くことを忘れたなと思ったが、「まっ、いいか」と思った。私のイメージではカメラマンだけいると思ってたのに、スタッフがいっぱいいた。写真スタジオってこんなとこやねんなって思った。少し緊張した。

2月25日（土）

バクバク関西支部お楽しみ会で、滋賀までイチゴ狩りをしに行った。初体験だ。面白かった。イチゴをなめたら、甘くておいしかった。その後、琵琶湖博物館へ行った。魚がたくさんいた。いろいろハプニングがあったけど、無事帰れてよかった。

母が夜来て、昨日と今日どうだったかを聞かれた。「昨日のスタッフの中に、イケメンはいたの？」と聞かれたが、緊張しすぎてそんなん見る余裕なかったため、「いなかった」と答えた。

2月28日（火）

保育園へ行った。卒園式の練習をしていた。みんな、頑張ってやっていた。あくびをしながら歌っている園児もいれば、楽しそうに歌っている園児もいた。

3月2日（金）
保育園へ行った。春を呼ぶ会があった。甘酒をなめたら甘かった。保育園の後、ホームズへ買い物に行った。ピンクの水筒を買った。今度はなくならないといいな。

3月7日（水）
耳鼻科へ行った。その後、実家へ寄った。ニャンいた。リフトを動かしたら、まだ動いた。いつまで動くかな。

3月25日（日）
まちなか被災シミュレーションをしに、扇町公園へ行った。被災したとき、どこに避難したらいいか、どういうところが危険かなどを調べるために歩いた。私は、どこにトイレがあるかとか、電源の確保はどうしたらいいかが気になった。

3月26日（月）

体調不良のため、昼の一・五hだけ音楽をしに、保育園へ行った。五歳児に「未来へ」という曲を贈った。行ってよかった。

3月27日（火）

みんなに、『バリバラ』の番組宣伝に、私が出るから見てね」というメールを送った。見てくれるといいいな。

番組宣伝を見た。映る直前まで、メッチャ楽しみにし過ぎて心拍が上がった。そこにいたヘルパーさんたちに「楽しみ、楽しみ」とはしゃぎたかったが、みんなに「歩、はしゃぎ過ぎや」と言われそうやからやめた。いい感じに映ってた。

風呂中、「焼き芋の笛、やかましいわ」と言ったら、「歩の舌打ちがよっぽどうるさいわ」とヘルパーNさんに言われた。あ、はい、確かに。爪の薬を塗るとき、「伸びてるから切っちゃおう。イヒヒヒ」とヘルパーNさんが言った。キャー、怖過ぎる。

3月28日（水）

今年度最後の保育園へ行った。五歳児と会うのが最後だった。「道で会ったら声かけてね」と最後に挨拶した。

9月29日（土）

ヘルパー三人と私で、講演をしに栃木へ行った。宇都宮駅に着いた。周りは、餃子の店ばかり。夜、主催者と打ち合わせをした。栃木では、ヘルパーを使って好きなことができなかったり外出できなかったり、いろいろ不便なことがあるそうだ。私は、「尼崎でよかった。栃木には住めないな」と思った。主催者から、キティちゃんのボールペンをもらった。「うわー、嬉しい。ヤッター！」とはしゃぎたかったけど、ヘルパーさんたちに「歩、はしゃぎ過ぎ」と言われるかもと思い、やめた。だって本当に嬉しかったんだもの。ホテルに帰ってから、ヘルパーKさんが主催者の人からもらった黒ビールを飲んでいた。私も味見した。甘くておいしかった。本当はもっと飲みたかったけど、ケアの指示ができなくなるかもと思い、やめた。

9月30日（日）

いよいよ講演の日だ。ヘルパーKさんも講演前、緊張のあまり泣いていた。講演開始。ヘルパーSさんは、上手に読めていた。そして、恒例のピアニカ。盛り上がった。質疑応答。「用がないときは、ヘルパーさんは何してますか？」や、「相性の合わないヘルパーさんとは？」など、たくさん質問が出た。御飯の時間になったため、ヘルパーSさんに「御飯して」と言ったら、「今、集会中やろ？　あんた、何しに来たん？」と怒られた。「歩、お腹空いたのに」と思った。ヘルパーSさんに説明された。そして終わり、ホテルに帰って、ヘルパー二人とも疲れたため、横になっていた。「一休憩してから風呂ね」と言われたが、私は「風呂入りたいのに」と密かに泣いていた。ヘルパー二人に「何で疲れたの？」と聞いたら、「いつもと違うことをしたから」とのこと。ふーん、そうか。

10月1日（月）
帰り。東北新幹線に乗る前、「御飯して」と言ったら、ヘルパーSさんに「狭いから、東京駅でね」と言われた。私は、また「御飯して」とつい言ってしまった。そして、また怒られた。ヘルパーSさんに、食事は臨機応変にしないといけないこと、思いやりを持たないといけないことなどを言われた。ヘルパーSさんに「これから臨機応変にするけど、つい言ったらごめんね」と言った。それから、思いやりについては、なるべく頑張ろうかな。私は、人の気持ちを読み取るのがとても苦手だけど。無事帰宅できてよかった。

10月2日（火）
ゆっくりしていた。ヘルパー二人に、栃木でヘルパーたちに怒られた話をした。私は、「また自分のことばかり言った」と話したら、「歩がそう思うのは成長やな」と言われた。嬉しかった。この二人なら、私の気持ちをわかってくれるやろなと思い、話した。

11月15日（木）

看護学校に講演しに行った。「一人暮らしをして困ったことは？」など、たくさん質問が出た。講演終了後、友人が亡くなったという知らせを聞き、悲しかったしショックだった。昨夜の時点で、「今朝よりよくなっています」と聞いていたのに……。

11月16日（金）

友人に会いに行った。嵐が大好きだったため、嵐のグッズを買った。その後、友人の体にお湯をかけた。そしてお通夜。なのはなの会の人たちやバクバクの会の人たちが来ていた。こんなとこでみんなに会えるなんて……。スキーや立山の写真が映し出され、一緒に行ったなと思った。最後に会ったのが喀痰吸引の研修のときだ。挨拶ぐらいで「またいつでも会えるやろ」と思い、あまり話をしなかった。あの時、もっと話をしとけばよかったな……。

11月17日（土）

ヘルパー三人と私で、名古屋へ講演しに行った。ヘルパーNさんが代読をした。何カ所か間違えたがうまかった。最初は何も質問がなかったけど、後から「保育園では、具体的に何をしていますか？」など、たくさん質問が出た。その後、交流会。いろんな人が話しかけてきた。「ミラーは、何のためにあるのですか？」など、たくさん質問された。ホテルに帰りチェックイン後、何と御飯がないことに気づいた。ガーン。主催者の方が帰ろうとするのを止め、御飯を名古屋の友人へ取りに行ってもらった。初体験だ。私のミスだから、今後気をつけよう。他にもいろいろ忘れ物をしたが、何とかいけた。

11月18日（日）

主催者の方と名古屋港水族館へ行った。私の好きなイルカやペンギンがいた。楽しかった。ハプニングがあったけど、無事帰宅できてよかった。

二〇一三年

今までは一台の呼吸器はレンタルで、もう一台は自費購入していました。友人から二台ともレンタル可能な呼吸器があることを聞き、思い切って八月に換えました。呼吸器の物品代も自己負担だったので、二台ともレンタルになりとても助かりました。

年末に上の歯が下の歯に当たり、痛いため抜歯しました。抜歯は二回目です。

以下は、この年の日記です。

3月2日（土）

クロスワードパズルをした。ヘルパーSさんが「まだまだ知らない言葉がたくさんあるね」とのこと。クロスワードは、いろんな言葉が知れるから好きだし、今はまっていること。前は全く無関心だったが……。ルンルンと楽しんでいるときに、母が来て、最悪。「喀痰の講演の原稿、かなり古いから書き換えなさい」と言われた。「言われなくても、頭の中で今朝から考え中ですけど……」と思った。

8月2日（金）

呼吸器のデモがあるため、Y病院へ行った。PCみたいな呼吸器だった。

8月30日（金）

呼吸器を試しに、Y病院へ行った。採血せずに済むように、先生が二酸化炭素を測る機械を持って来てくれた。嬉しい。圧制御のため、楽だった。合ってよかった。

11月13日（水）

一昨日夜から左下の歯が痛いため、その後、歯医者へ行った。痛みの原因は、上の歯が下の歯に当たり化膿しているからとのこと。再発の可能性もあり、再発したら歯を抜かないといけないらしい。怖い。薬を二つ処方された。

11月25日（月）

風呂中、突然、歯が痛くなり、最悪。枕ができない程激痛だった。急遽、往診に来てもらった。診察結果、前回よりも左下歯茎が荒れて傷ついているとのこと。パブライザーという薬で膜を貼って患部を保護するのを一日に数回患部にふりかけるようにとのこと。

12月1日（日）

歯を二本抜いた。メッチャ痛かった。人生二度目の経験!! 二〇分位で抜けた。歯医者さんが来る前、メッチャドキドキした。器具を見て、「こんな大きい器具で抜くの?! 怖い！」と思った。夜になっても、出血は止まらなかった。無事抜けてよかった。

12月6日（金）

歯茎がまだ痛いため、保育園を休んだ。昼に歯医者の往診があり、左上に親知らずがあることがわかった。ガーン！ また抜かないといけないのー！ このまま痛い思いをするわけにもいかないので抜くことにした。夜、歯医者が来て、親知らずを一本抜いた。痛かった。今週は何一ついいことがなかった。

二〇一四年

この年は、遊びに行く計画を立てたりホテルの予約を取ったり……と、自分でやりたいと思えるようになり自信が持てるようになりました。

以下、この年の日記です。

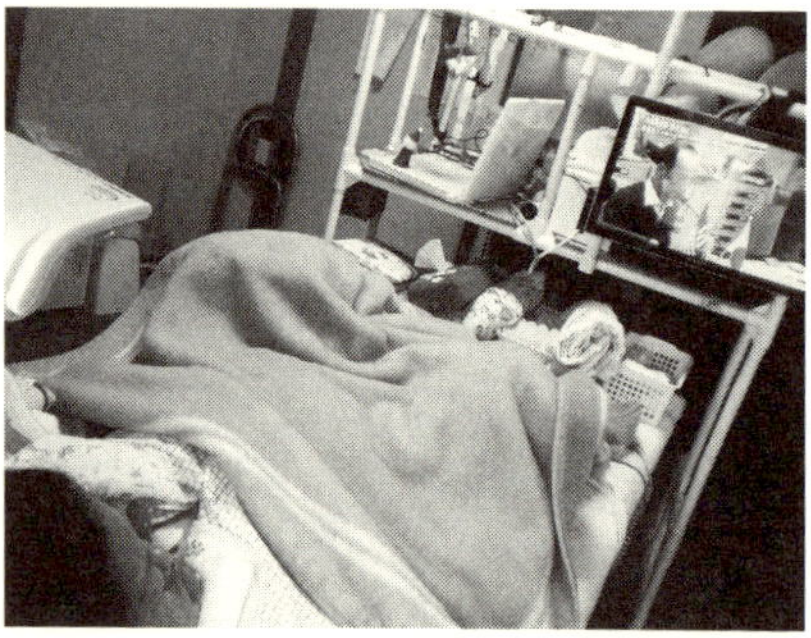
自宅でテレビを見ています

2月11日（火）

「抱きしめたい～真実の物語～」という映画を見に行った。車椅子の女性　つかさが、結婚・出産をしたが、病気のため亡くなるという話だった。映画を見ると結婚したいと思うが、相手がいないし面倒臭そう。二人でメリーゴーランドに乗ろうとしたら、係員に安全云々のため乗るのを断られた。再度、夜に来て乗っているのを見たら、二人は楽しそうだった。私なら「えー、乗れないのですか？　乗せて下さい」と言うかな。そして、結婚の報告をつかさのお母さんにしたら、お母さんは猛反対。旦那の親が猛反対する話はよく聞くが、嫁の親も猛反対することもあるんだな。出産の報告をつかさのお母さんにしたら、普通は「おめでとう！」と言うのに、つかさの頬を叩いた。嬉しい話なのに何故叩いたのかなと思った。

3月31日（月）

在宅二四周年記念に、京都水族館へ行った。イルカショーを見たりエイやオオサンショウウオを見たりペンギンを見たりした。イルカショーのとき、「イルカに握手したい人」と係員がみんなに聞いていたが、無理だと思い諦めた。一度でいいから、イルカを触ったり握手したりしたいな。水族館へ行って楽しかった。オオサンショウウオ、ヘルパーHさんは私に似ていると言っていたが、私は似てないと思う。どこが似ているのだろう？　まあ、そんなのはどうでもいい。

5月11日（日）

久留米のホテルを予約した。バリアフリールームが広いと聞いたホテルに電話したが、満室とのこと。他にもいろいろなホテルに聞いたが無理だったため、久留米のバクバクっ子の家に泊めさせてもらおうと思った。電話中、「大浴場があるか聞いて」と聞いた。そのホテルに電話した後、「今はネットでいろいろ々調べられるんやから、大浴場あるかとかバリアフリールームあるかとか調べてから予約したらどうや？　それが自立と違うの？」と、ヘルパーYさんに怒られた。その時は何も言えなかったが、後で「今後はいろいろ調べてから予約するね」と言った。電話する前、ヘルパーYさんに任せておけば何とかなるだろうと、楽に考えていた。ヘルパーNさんがいつも言っているのはこのことかと反省した。まだまだいろいろなことがわからないし頼りない私だが、やれるだけのことはやってみよう。

5月16日（金）

スカイツリーと水上バスに乗りに、東京へ行った。朝、新大阪駅で、偶然、大学で私のDVDを見たというおばさんに会った。世間は狭いな。新幹線で寝ようとしたら、車内のアナウンスなどで寝れず、うとうとしただけだった。スカイツリーの最寄駅〜スカイツリーへ行くまでに、イルカの何かがあり見たかったが、時間がなかったため見れなかった。残念。スカイツリーの景色はとてもよかった。上から下りるエレベーターはシースルーだった。目眩がしたが、すぐに治まった。他の人は一時間以上待っていたが、私はすぐに行けてよかった。そして、スカイツリー〜水上バスの乗り場まで道に迷ってしまい、予定のバスに乗れなかったが、予定より四〇分遅れで乗れた。景色もよく、乗り心地もよかった。

東京は都会だなと思った。いろいろあって、新幹線が発車する一分前に乗ったが、無事帰宅できてよかった。やりたいことその一が実現できてよかった。楽しかった。

7月21日（月）
お風呂同窓会があった。みんなで自己紹介や私とのエピソードや私のあるあるを言った。ヘルパーSさんの私とのエピソードは、宇都宮へ行ったとき、ラコール（栄養剤）が待てず、新幹線の中で延々と二時間説教をして怒ったことだそうだ。ほんまごめんなさい。気をつけます。他の人の話も面白かった。そして銭湯へ!! 抱きかかえてくれたとき、ドアに足をぶつけないかとても心配したが、何事もなかった。ヘルパー二人が抱きかかえてくれた。体を洗っているとき、ヘルパーKさんに「歩は姫やな！」とまたもや余計なことを言われ、ムカツイタ。桶で体を流したとき、私は「熱い、熱い！」と言ったら、ヘルパーSさんに「あつない」と何回も言われた。だって熱いもん。浴槽に浸かると、やはり熱かった。よくテレビで温泉に入ってタレントが「あー気持ちいいー」と言っているが、「あんなのどこが気持ちいいねん」と浸かりながら思った。入るうちに、段々慣れてきた。人手があればまた行きたいな。

12月16日（火）
待ちに待った沖縄旅行の日が来た。飛行機に乗るのがワクワクというかドキドキしすぎて心拍一一〇台まで上がり、ヘルパー四人に笑われた。いいか。ヘルパーSさんに「そんなん、飛行機に乗らなくていい所を選んだらいいのに」と言われた。だって沖縄へ行くのが夢だったから。飛行機のストレッチャー席までは担架で行った。担架は狭くて痛かった。バクバクで行った。離陸時、またもやHRが上がった。怖かった。一二年ぶりに乗った。スチュワーデスに飛行機の模型をもらった。子供と思われたかな。

那覇空港到着。「ほんまに沖縄へ来たんやー!」と思った。障害者の旅行支援をしているタクシーの人に「ヘルパーさんとだけで来られたのですね」と驚かれた。私には当たり前すぎて何故驚かれたかわからない。琉球村へ。ししまいやエイサーを見た。ヘルパーUさんに「お獅子、お母さんに似てるね」と言ったら、「こら、そんなこと言わないの」と言われた。ほんまのことやん。

エイサーのとき、イケメンに一目ぼれしずっとその人の踊りを見ていた。声をかけようとしたら、他の人と踊ってしまったため諦めた。そしてホテルへ。だめもとでみんなに「ホテルの部屋の湯船に浸かりたい」と頼んだら、みんな本当にしてくれ、嬉しかった。シャワーキャリーと言う背もたれ可能な物で浸かり、怖かった。

12月17日(水)
美《ちゅ》ら海《うみ》水族館へ行った。ホテルの隣が美ら海だったが、行くまでメッチャ寒かった。しかも沖縄は夏だと思ったため、秋服しか持って行っていなかったので、余計寒かった。
初めにイルカショーを見たがしんどくなりぽーっと見ていた。次にイルカに触りに行った。やっと夢が叶えられる!! 行くのに狭い階段だったため、抱きかかえてもらいしかもバクバクなしで行った。バクバクなしで行って苦しかったし狭くて怖かった。そして大好きなイルカに触ると柔らかかった。大好きなイルカに触れてとても幸せだった。タクシーの人と水族館の人たちとヘルパー四人の協力がなければ実現不可能なことだと思う。

昼食時から呼吸が苦しくなりバクバクしてもらった。寒いのがずっと続いた。検温しても熱はない。タクシーに乗り暑かったため、「暑い暑い」と言ったら、「寒い言うたり暑い言うたり、大阪のおばちゃんみたいやな」とヘルパーYさんに言われた。

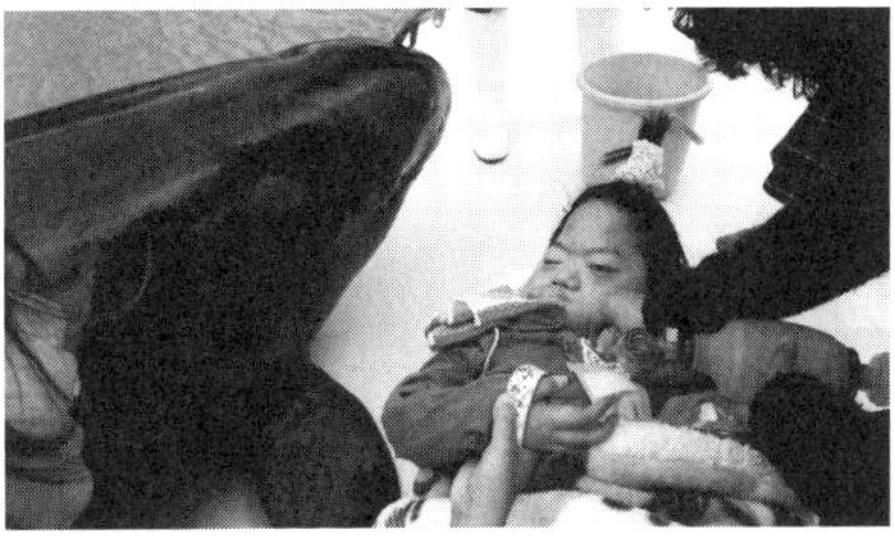

大好きなイルカに触ったよ！

文句多い。ホテルに着き、清拭した。本当は風呂にしたかったが、みんなにやめたほうがいいと言われたためやめた。

みんなで夕食。「明日、雪でも飛行機は飛ぶかな？」という話になり、私は母に会いたくないため、「私は帰れなくてもいい」と言ったら、ヘルパーSさんに「ホテルに泊まる日数増えれば増えるほど、ヘルパーに払うお金が高くなるの、わかってるの？」と言われた。何も考えておらず反省した。母に会いたくないという単純な理由で帰りたくないことをヘルパーたちに言いたかったが、私の気持ちをわかってくれるかわからないため言わなかった。「この時、既にしんどかったの」と言ったら、「え、そうなの？」と言われた。しんどいとか言ったら、大好きなイルカに触れないし何も楽しいことがないと思ったから。

12月18日（木）

朝、ホテルで知らない人に「この人、赤ちゃん？」と聞かれ、「違います。大人です」と答えた。横からヘルパーSさんが「もうすぐ三〇になるおばちゃんですよ」と余計な一言。

国際通りへ買い物しに行った。都会だった。私もみんなも沢山買い物をした。歩いているときもまた息苦しくなりバクバクした。楽になった。そして昼食。お腹があまり空いていなかったが、食べないと体調が戻らないと思い、ラコールをしたが気持ち悪くなり、四〇〇cc飲むのを二〇〇ccで止めた。結果、首里城観光はなしにされた。私は思い通りにならないのと悔しくて泣いた。ヘルパーSさんに「御飯も食べれないのにどうやって行くの？」と言われた。

少しして、ヘルパーYさんにヘルパーだけで沖縄へ来られたことは立派なこと、本当はヘルパー四人分のお金を出さないと行けないけど、四人分のお金も貯めてたら行くのがメッチャ先になるから後二人のヘルパーさんは実費で行ってくれたこと、イルカに触るときもしんどかったけどしんどいと言ったらイルカに触らせてもらえないと思い黙っていたことをわかっていたことなどを話してくれた。母は何も褒めてくれないが、ヘルパーは何かと私のことを褒めてくれて嬉しい。多分母は今後も何も褒めてくれないだろう。淋しいが仕方ない。これが現実だから。ヘルパーYさんにいろいろ話して、心が少しスッキリした。

空港に着いた。帰りの飛行機はあまりドキドキしなかった。無事帰宅。またもや息苦しくなり血中酸素濃度が下がった。疲れた。

二〇一五年

友人のお母さんに「歩ちゃんならピアカウンセラー〔同じ障害をもつ仲間（＝peer）としてお互いに平等な立場で話を聞き合い、きめ細かなサポートにより、地域での自立生活の手助けをする人〕になれるよ」と言われ、ピアカウンセラーについて調べ、私にできるかもと思い目指していました。少しでも福祉に携われたらと思い、六年間していた保育園講師を辞め、私が利用しているヘルパー事業所でお手伝いをするようになりました。

「在宅生活に困っている人工呼吸器ユーザーや障がい者のために、私が生きてきた三〇年を本にしたい。私のことが参考になれば嬉しいな。みんなに喜んでもらえるような本にしたい」と思い、年末から執筆していました。

年末に三〇歳になりました。長いなと思うけど、私はまだ若いので色々経験してみたいです。

以下、この年の日記です。

3月12日（木）

最近、保育園を辞めようかかなり悩んでいた。やはり園児が淋しがるから今年は辞めないことにした。今年は辞めず、来年春には保育園を辞めてピアカウンセラーという障害者の相談に乗る仕事をしようと決意した。友人のお母さんに以前メールで沖縄のことを話したら、「歩ちゃんなら呼吸器ユーザーのピアカンになれるよ！」と言ってくれたのがきっかけだ。

ピアカンという言葉は知っていたが、詳しく知らなかったため、すぐネットで調べたら、「私にできるかも。やりたい!!」と思った。そして、自分の経験を生かして時間数や生活に困っている人たちの相談に乗れたらと思った。文章力や挨拶文のマナーをしっかり覚えないといけないな。この一年、保育園の仕事をしつつ、読書を沢山しよう。

4月28日（日）

バリバラの司会者の講演を聴きに行った。その人は幼少時、施設にいたらしい。私なら施設にはいたくない。何故ならあまり人と会えないしいろいろ制限があるから。そしてその人は現在ピアカンみたいな仕事をしているらしい。そして参加者で意見交換。「安心して楽しく暮らせる街ってどんな街？」というタイトルで意見交換をした。私は段差が少ない街と答えた。次に「それをするためには自分たちにできることは何か？」というタイトルで意見交換をした。

私は、どんどん外に出て私のような呼吸器をつけている人がいることを知ってもらうことと答えた。すらすら答えている私を見て、ヘルパーKさんに「すらすら答えられてたやん。すごーい！」と褒められ、嬉しかった。「あー、やっぱり私は福祉関係の仕事がしたい。最適だな。福祉分野のほうが私は得意だし身近だな。保育園をできるだけ早く辞めたいけど無理だな。私がいて役立ってるかわからないし福祉関係の仕事のほうが楽しそう」と思った。

12月1日（火）

ピアカン講座を受けるため、神戸へ行った。講座開始。講座中、ヘルパーは隣室待機という今までにないことをしたため、不安と緊張があった。みんなが自己紹介とかしてるが、私は文字を打つことに必死過ぎて少ししか聞けず、「あゆさん、みんなのこと聞けてる？」と主催者の人に聞かれ、「打ちながら聞くのは厳しいです」と答え、それからみんなの話を聞いてから打つという形にしてもらった。優しいな。私は打つのに時間がかかり打ち終わるのが遅いが、みんな私が打ち終わるのを待ってくれていた。嬉しいな。

ピアカン講座では、常に肯定して否定や批判をしない、ピアカンするときはどこか体に触れて話を聞く、アドバイスをしないということを学んだ。夜、セッション（対話）の練習をするという宿題が出された。私は誰としたらいいかわからないため、誰としたらいいかを主催者の人に聞くと「自分で考えて下さい」と言われた。人に丸投げはあかんなと反省した。

12月1日（水）

講座二日目。人を褒める練習をした。普段、私はあまり人を褒めたことがないため、みんなの褒め方を見ていた。私はたいてい、「……ちゃんは優しい人だと思う」と答えた。昼。昨日から度々聞こえないので大きな声で話してほしいことを言うと、私の近くにいた参加者に「耳、聞こえにくいのですか？」と聞かれ、「慢性中耳炎で聞こえにくいので、真横で大きな声で話してもらえると嬉しいです」と、淡々と答えた。

その後、講座中に、彼が唾を取ってくれたり、舌のスイッチの位置がずれたら直してくれたり、パソコンで打った文を通訳してくれたりしていくうちに、私は何と恋に落ちてしまった（、＜、）。　舌のスイッチの位置を直すのは参加者が直してもうまくいかないのに、彼はすぐに直せた。スゲー!!　私が何も言わなくても唾を吸ってくれた。優しい。セッションのとき、常に主催者の人に「あゆさん、誰とやりたい？」と聞いてもらっていたため、私は「Nちゃんとしたいです」と二回連続彼とした。その後、さすがに他の人とやらなあかんやろなと思い、他の人とした。交流会終了後、昨日と同様セッションの練習をしないといけないため、私は彼に「もしよければ、セッションを一緒にしたいけどいいですか？」と聞くと、快諾してくれた。ヤッター（*^_^*）練習後、彼に「明日も唾取ったり通訳したりしてほしいので横にいてほしいけどいいですか？」と聞くと、快諾してくれた。私幸せ（●、○、●）

12月3日（木）
講座最終日。ヘルパーが私の側を離れた途端、彼は横に来てくれた。覚えてくれてる（、ー、）。
最初に、主催者に「昨日から今朝にかけてよかったことを言って下さい」とみんなに言われ、私は「Nちゃんと仲良くなれたことです。いろいろ話せてよかったです」と、彼に通訳してもらい、みんなの前で言った。キャーどうしましょう／（◎o◎）＼　そして、またセッションの練習。セッションを何回もしていくうちに慣れてきた。次に、障害者の就職面接の様子を見た。私は今までにこんなことをしたことがないため、「ふーん、こんなこと言うんや」と参考になった。そして、講座終了。何事も起こらず無事終わってよかった。

12月25日（金）
ヘルパー三人と私でBD会をした。少し早いが、無事三〇歳を迎えられてよかった。みんなでトランプをしてメッチャ楽しかった!―（、、）―!

12月31日（木）
今年も終わりだ。今年を振り返ってみよう。ピアカンになろうと決めたこと。今後、人の役に立てるといいな♪　ガラケイからスマホに変えたこと。ラインができたり地図を見ながらいろいろな所へ行けるから変えてよかった!ー（、、）!ー　サーカスとコンサートへ行く前、自分でコンセントと椅子と車椅子席を確保できて自信が持てたこと。今後も継続していこう♪　ヘルパー事業所でお手伝いを始めたこと。PCができなければできなかったことだと思う。保育園講師を辞めたこと。自分にできることがもっと沢山あったはずなのに何故辞めてしまったのだろうと、今思うと後悔している。ま、来年も楽しく元気に行こう（、ー、）

二〇一六年

四月五月とピアカウンセラー講座へ行き、色々学べてよかったです。

『季刊福祉労働』150記念シンポジウム（於：東京）で発表したよ！

五月に東京へ講演旅行に行ったとき、サンリオピューロランドへ行き、大好きなキティちゃんと写真撮影できてよかったです。

十一月に北海道に講演しに行きました。呼吸器をつけて自立生活している佐藤きみよさんに会ったり、観光ができたりして楽しかったです。

この五年間を振り返ってみて、今まで経験していないことを経験したりいろんなところに行けたりしてよかったです。今後も一人暮らしを継続していきたいです。

■コラム■

平本歩さんと、「父」弘冨美さんと、バクバクの会と

大塚孝司（バクバクの会会長）

一　バクバクの会（平本さん親子）との出会い

バクバクの会（旧：人工呼吸器をつけた子の親の会）は、一九八九年五月に大阪の淀川キリスト教病院の院内グループとして結成され、翌一九九〇年三月、平本歩さんが四歳で人工呼吸器をつけて退院し、保育園に入園することが全国紙で報道されたことを機に、同年五月、全国組織として設立されました。

私がバクバクの会の存在を知ったのは同年十月頃の新聞報道でした。当時、私の息子（一九八四年二月生）は、五年間の大学病院でのNICU暮らしを経て退院はしたものの、一週間で在宅生活をギブアップ、重症心身障害児施設での入所生活が始まっていました。出生直後、医師から「半年ぐらいの命」と言われたこと

から、「人工呼吸器をつけるような重度の障害のある子どもは長くは生きられないだろう。病院で短い一生を過ごすのが当たり前だろう」と思い込んだまま、息子の将来に対し何の展望ももてずに五年を浪費していた自分にとって、この会の存在を知ったことは一筋の光でした。この会の創設者である歩さんの父、平本弘《ひろ》冨美《ふみ》さんが会議で上京されることも掲載されていましたので、藁をもつかむ思いで強引に会議の場にお会いしに行きました。

当時、人工呼吸器をつけて在宅生活することについての情報や福祉制度も皆無の時代でしたから、平本さんが歩さんに対し行ってきた介護や日常生活の実践が、その後の人工呼吸器使用者の在宅生活のマニュアル的な存在になっていきました。バクバクの会ではそのノウハウを基に、会員がそれぞれ自分たちの子どもに合った創意工夫を重ね集約した結果を『バクバクっ子の為の生活便利帳』として発行し、現在第五版まで版を重ねています。

二　退院の準備

小児が人工呼吸器をつけて退院することなど無謀な行為だ、親のエゴだ、と医師から言われた時代でしたが、平本さんご家族は、歩さんが病院の白い天井を見上げたまま過ごす一生ではなく、普通の子どもと同じように育つことを考え在宅生活を選択しました。小児の在宅者第一号の事例として、次に続く人のためにも絶対に失敗は許されない、という覚悟での在宅移行でした。

当時、人工呼吸器をつけて退院するためには、今では考えられないような長期の在宅準備時間をかけていました。院内散歩から始まり、院外外出、短期外泊、一週間、一カ月と徐々に外泊期間を延ばし、在宅での生活では何が必要なのか、どんなアクシデントがあるかなど細心の準備を経て、数カ月から二~三年をかけて退院していました。現在は人工呼吸器をつけていても治療の必要がなければ、二~三カ月で退院させられてしまうケースも多くなっています。

平本さんは、歩さんの在宅生活のために据え置き型と外出用の人工呼吸器二台を購入しました。現在の在宅人工呼吸換気療法のように、人工呼吸器が支給される医療制度などなかった時代でしたから自宅を売却し、在宅に必要な機器類の購入資金に充てています。また、弘富美さんは、歩さんの身体介護を含め人工呼吸器やモニターなど周辺機器の取り扱いや、ストレッチャー型の車いすでの移動など、日常生活を行うためには男手のほうが適していると考え、ご本人は職をやめて歩さんの生活支援に専念し、母親が働いて家計を支えるという選択をしています。

一方、家族の介護だけでは将来的に行き詰ることを想定し、ボランティアの支援組織「人工呼吸器をつけた子の在宅を支える会（なのはなの会）」の発足を呼びかけるなど、恒久的な在宅支援についても準備をされていました。「なのはなの会」は歩さんが成人し、自立生活ができるようになるまでの長期間にわたりご支援いただきました。歩さんやバクバクの会にとって欠くことのできない存在でした。

三　保育園と学校生活

平本さんは、歩さんが同年代の子どもと同じように育つために保育園への入園を考えました。人工呼吸器をつけていることから公立保育園では受け入れられませんでしたが、理解のある自宅近くの私立保育園へ入園することができました。人工呼吸器をつけた歩さんの姿に、園児たちは興味と戸惑いをもったようですが、すぐに慣れ仲間になれたようです。

保育園では当初父親が付き添っていましたが、園や保育士さんたちの協力があり少しずつ歩さんの日常介護の方法を学んでいき、数カ月で付き添いを離れることができるようになっています。

一九九二年、歩さんは公立の小学校に入学、二〇〇一年には兵庫県初のパソコン受験で県立高校に入学しています。小中高すべて普通校に通いましたが、卒業するまでの一二年間、親の付き添いがなくなることはありませんでした。教育現場での医療的ケア児の付き添い問題は、三十年近く経った現在、学校への看護師配置が行われるようになり、必要な研修を修了した介護職・教職員が吸引など一部の医療的ケアができるようになってはいるものの、ほとんど解消されていません。歩さんは日常生活の中で家族旅行や、登山、スキーなど、普通の子どもと同じように様々な体験をしながら育っていました。学校行事の遠足、運動会、校外学習、宿泊行事、修学旅行など、様々な学校行事にも日常の経験から得た創意工夫を基に参加しており、授業もほとんど休むことなく通っています。

弘冨美さんは、歩さんの中学入学を機に「学校での親の付き添い問題」について裁判闘争を検討されたようですが、社会的に時期尚早という判断で断念されています。一二年間学校に付き添った弘冨美さんは大変ご苦労されたことと思いますが、思春期に毎日父親と学校へ通わなければならなかった歩さんにとっても、学校内での父親の存在は、さぞ煩わしいことだったと思います。

高校卒業後大学受験にもチャレンジしましたが、人工呼吸器を使用している重度障害者を受け入れる大学はありませんでした。

四　自立生活と社会活動

歩さんは、ご両親と二人の兄の中で育つとともに、前述の「なのはなの会」のメンバーや、多くの支援者の中で成長していきました。小学一年の頃から他の障害者団体との交流や、人工呼吸器使用者への理解を深めるために、全国各地へ出向き講演活動も行ってきました。移動では新幹線や飛行機を使用することも多く、乗車乗船に際し「不測の事態が起きても自己責任」という趣旨の念書の提出の強要や、ストレッチャー使用時の高額航空運賃など様々な問題に直面しましたが、その都度改善要求や運賃の値下げ交渉など行い、障害者の社会生活での不都合の改善につなげてきました。

高校卒業後は在宅でのヘルパーによる医療的ケアの問題、障害者の教育制度改善のための活動、自身の成人後の自立の問題などに取り組んでいました。歩さんが二十歳になり自立への道筋が見えてきた矢先に、父・弘冨美さんが病に倒れ亡くなられました。歩さんには「自立に向かって邁進せよ！」という言葉が残されました。最大の理解者である父・弘冨美さんを亡くされ寂しく辛い出来事だったと思いますが、自身の力と支援者の協力によりこの期間を乗り越え逞しくなっていきました。

その後、ヘルパー二人体制の二四時間介護を獲得し、現在アパートを借りて親元を離れ完全自立の生活をしています。成人してからはご自身が卒園した保育園で非常勤講師として就職したり、バクバクの会の会報編集長として活躍したりしてきました。

バクバクの会は「人工呼吸器をつけていてもどんな障害があっても〝ひとりの人間・ひとりの子ども〟、〝子どもたちの命と思いを大切に〟」という基本理念で活動してきました。このことを気づかせてくれたのは歩さんであり、バクバクっ子たちです。会が取り組んでいる医療、福祉、教育、交通、人権、生命倫理問題など様々な場面で、現在成人した彼／彼女らが当事者として参画し、自らメッセージを発信してくれるようになりました。その先頭に立っているのが歩さんです。

今年の六月、歩さんから一〇年間携った編集長を「バクバクの仕事よりも私には自分のやりたいことや夢があり、残りの時間をそれに向かって頑張りたい」と辞意を示されました。寂しくもありますが、自分の意思でしっかり生きていく決断されるようになっていたのだと改めて感じさせられました。父・弘冨美さんは、親の立場で人工呼吸器をつけた子どもの命と思いを世に示してきました。歩さんは当事者として生き方を示すことで社会を変えていくことが可能な存在だと思っています。今後の歩さんに期待しています。

おわりに

本書はいかがでしたか?

私は執筆するのが初めてだったのでわからない部分が沢山ありましたが、何とか無事終えました。本書が皆さんの参考になれば幸いです。

現在も、学校へ行きたくても学校へ行けない障害児・者がいたり、修学旅行等友達と行けない、自立生活したくてもヘルパー時間数が不足していて……などという問題が山積しています。私の場合は偶然全てうまくいきましたが、これはなのはなの会やバクバクの会の人たち、知人などの理解や協力、支援があってこそできたことであり、当たり前ではありません。

最後までお読み頂き、ありがとうございました!!


また、本書のために、お忙しいなか原稿を書いて下さった北田賢行先生、バクバクの会会長の大塚孝司さん、ありがとうございました。このお二人は、今まで私に関わってくださった人たちを代表して書いてくださいました。そして、カバーと本文に写真を提供してくださった、合田享史さん、ありがとうございました。

今後も私は自分らしく地域で生活していきます。本当にありがとうございました。そしてこれからもよろしくお願いいたします。

二〇一七年七月

平本　歩

■ 著者紹介

平本　歩（ひらもと・あゆみ）

1985年生まれ。兵庫県尼崎市在住。

ミトコンドリア筋症という先天性難病で生後6カ月で人工呼吸器をつける。1990年、まだレンタル制度がなかった時代に両親が人工呼吸器を買い、在宅生活開始。人工呼吸器をつけた子（バクバクっ子）の在宅生活の草分けとなる。以後、地域の保育園、小中学校、高校に通い、大学受験は2浪で断念。

2011年、親許を出て、1日24時間、ヘルパー常時2人態勢で自立生活を開始。医療的ケアを受けながらの生い立ちや生活状況、学校生活、交通バリア問題などをテーマに講演や医療的ケアの講習会を行っている。

バクバクっ子《こ》の在宅記《ざいたくき》

人工呼吸器《じんこうこきゅうき》をつけて保育園《ほいくえん》から自立生活《じりつせいかつ》へ

2017年8月15日　第1版第1刷発行

著　者　平本　歩
発行者　菊地泰博
発行所　株式会社 現代書館
〒102-0072 東京都千代田区飯田橋3-2-5
電話 03（3221）1321/FAX 03（3262）5906
振替 00120-3-83725
http://www.gendaishokan.co.jp/

印　刷　平河工業社（本文）／東光印刷所（カバー）
製　本　鶴亀製本

装幀・本文デザイン・組版　奥冨佳津枝
校正協力　高梨恵一

 ISBN978-4-7684-3558-8

活字で利用できない方のための
テキストデータ請求券
『バクバクっ子の在宅記』

現代書館

松永正訓 著
呼吸器の子

2歳までのいのちと言われるゴーシェ病2型という先天性難病で、人工呼吸器をつけて14歳まで成長した凌雅君をめぐる、親、関わる訪問看護師・ヘルパー、医師、理学療法士、特別支援学校教員たちの日々の営みを丁寧に綴り、生きることの究極の意味を考える。　1600円＋税

海老原宏美・海老原けえ子 著
まぁ、空気でも吸って
―人と社会：人工呼吸器の風がつなぐもの

脊髄性筋萎縮症Ⅱ型という進行性難病により3歳までしか生きられないと医者に言われた著者の半生記と娘の自律精神を涵養した母の子育て記。小・中・高・大学と健常者と共に学び、障害の進行で人工呼吸器を使いながら地域で人と人をつなぎ豊かな関係性を生きる。　1600円＋税

佐藤きみよ 著
雨にうたれてみたくて
―愛しの人工呼吸器をパートナーに自立生活

「病院を出たら3日で死ぬ」と言われ、それでも人工呼吸器をつけて退院し、他人介護による自立生活を敢行して四半世紀。医療的ケアのある暮らし、旅行、恋愛、子育てなど、呼吸器使用者が地域で当たり前に生きる道を切り開いてきたパイオニアの感動の半生記。　1800円＋税

佐々百合子 著
あなたは、わが子の死を願ったことがありますか？
―2年3カ月を駆け抜けた重い障がいをもつ子との日々

早期胎盤剥離で脳性マヒとてんかんの障害をもって生まれ、経管栄養となった子の障害を受け容れ、共に生きる覚悟ができたと思った矢先、気管支肺炎で急逝するまでのリアルタイムの記録。障害者家族になって初めて実感する社会との深刻な断絶を赤裸々に綴る。　1600円＋税

柴田靖子 著
ビバ！インクルージョン
―私が療育・特別支援教育の伝道師にならなかったワケ

同じ水頭症の障害をもって生まれながら、療育→特別支援教育の〝障害児専用コース〟を突き進んだ長女と、ゼロ歳から保育園、校区の小・中学校に学ぶ長男。二種類の〝義務教育〟を保護者として経験し、辿りついた結論は「最初から分けない」インクルーシブな社会。　1800円＋税

共同通信社社会部 編
わが子よ
―出生前診断、生殖医療、生みの親・育ての親

出生前診断、生殖医療、養子縁組のテーマで共同配信した連載記事を単行本化。当事者、医者、生命倫理の研究者、検査機関・児童養護施設の関係者、障害者への取材と読者の便りを織り交ぜ、親子とは何か、子を産み・育てるとはどういうことか、を問題提起。　1500円＋税

定価は二〇一七年八月一日現在のものです。